Fuente Ovejuna

Letras Hispánicas

Lope de Vega

Fuente Ovejuna

Edición de Juan María Marín

VIGESIMOCUARTA EDICIÓN

CATEDRA

LETRAS HISPANICAS

1.ª edición, 1981
24.ª edición, 2008

Ilustración de cubierta: Chema Cobo

© Ediciones Cátedra (Grupo Anaya, S. A.), 1981, 2008
Juan Ignacio Luca de Tena, 15. 28027 Madrid
Depósito legal: M. 540-2008
ISBN: 978-84-376-0273-8
Printed in Spain
Impreso en Lavel, S. A.
Pol. Ind. Los Llanos, C/ Gran Canaria, 12
Humanes de Madrid (Madrid)

Índice

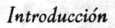

Introducción

SIMPLICIVS LONGE POSITA MIRAMVR

A Pili,
que supo hacer hogar
de tanta sala de espera

El día 23 de abril de 1476 el pueblo de Fuente Obejuna[1], constituido por algo menos de un millar de labradores y ganaderos, con sus autoridades al frente, asalta-
ba violentamente la Casa de la Encomienda y daba
muerte, con tremendo ensañamiento, al Comendador
Mayor de la Orden de Calatrava.

El hecho quedó recogido en una larga serie de crónicas y textos históricos[2], e incluso generó algunos refra-

---

[1] Sobre el nombre del pueblo, cfr. Francisco López Estrada,
«*Fuente Ovejuna» en el teatro de Lope y de Monroy. (Consideración
crítica de ambas obras)*, Sevilla, 1965, págs. 98-102. En adelante nos
referiremos a los habitantes reales de la villa y a ésta con la grafía
Fuente Obejuna y a los protagonistas del drama de Lope con la de
Fuente Ovejuna. Mantenemos la separación entre los dos vocablos por
seguir con fidelidad el texto del siglo XVII, aparte de que la avalan infi-
nidad de topónimos compuestos de *Fuente* que siempre se escribieron
separados los dos elementos de que constan.

[2] La bibliografía sobre los hechos históricos es amplia desde poco
después de ocurrir los sucesos. Interesan especialmente las monografías
publicadas en nuestro siglo:

Rafael Ramírez Arellano, «Rebelión de Fuente Obejuna contra el Comendador Mayor de Calatrava Fernán Gómez de Guzmán (1476)», en
el *Boletín de la Real Academia de la Historia,* XXXIX (1901), páginas 446-512, fue el primero en intentar demostrar, con una serie de
documentos por él descubiertos, que la revuelta fue instigada por los
cordobeses, como luego veremos.

C. E. Aníbal, «The Historical Elements of Lope de Vega's *Fuente
Ovejuna*», en *P.M.L.A.,* XLIX (1934), págs. 657-718, que sostiene que
el relato más riguroso es el de Alfonso de Palencia en su *Crónica de
Enrique IV,* en la que culpa de los hechos a rivalidades entre nobles, y
defiende abiertamente al Comendador, quedando el pueblo reducido a
ser mero ejecutor de la venganza.

Manuel Cardenal Iracheta, «Fuenteovejuna», en *Clavileño,* núm. 11

nes, pero fue la obra que Lope de Vega escribió sobre el asunto la que ha dado a éste resonancias mundiales.

¿Qué móviles pusieron en funcionamiento la revuelta popular?

(1951), págs. 20-26, defendió la tesis de que no fue una revolución popular contra el poder feudal, sino que «la revuelta de Fuente Ovejuna ni fue espontánea ni respondía a un movimiento social. Fue incidental, provocada, amparada por el poder real (...) y dirigida por personas de *arriba*» (pág. 25).

Francisco López Estrada, *op. cit.*, en los *Apéndices* publica las versiones del hecho relatadas en distintos textos históricos.

Raúl García Aguilera y M. Hernández Ossorno, *Revuelta y litigios de los villanos de la Encomienda de Fuenteobejuna,* Madrid, Editora Nacional, 1975; hacen un clarísimo relato de los sucesos históricos y de sus antecedentes, rechazando la tesis de Arellano, especialmente en las págs. 129 y ss., y explicando los hechos como una revolución popular. Publican gran cantidad de documentos relacionados con los sucesos. Los autores de este trabajo niegan la versión de que fue Córdoba la que llevó a la revuelta a Fuente Obejuna y citan el testimonio de Francisco de Villamediana, autor de una *Historia de Fuenteobejuna,* según la cual Córdoba tuvo que pagar cien mil ducados para que la villa consintiese en allegarse a su señorío, «prueba que por sí sola magnifica el ánimo de libertad e independencia de los rebelados y contradice interpretaciones de este tipo» (pág. 139).

I. Los hechos históricos

Durante el siglo XV se fue abriendo paso la idea de la necesaria creación de un Estado absoluto que, gobernado por el rey, acabara con aquel anárquico estado de cosas, de constantes luchas intestinas entre los grandes señores, cuando no entre los nobles y la propia Corona. Había pueblos que dependían directamente del rey y otros que lo hacían a través de vinculaciones a los señores: los primeros gozaban de cierta paz y seguridad jurídica, mientras que los segundos, muy frecuentemente, eran víctimas de opresiones diversas y no disfrutaban de las más mínimas garantías de justicia, siempre expuestos a las veleidades y arbitrariedades de sus señores. Todo ello generaba desequilibrios y tensiones que desencadenaron revueltas populares, como las de Ocaña, Alcaraz o Fuente Obejuna, por citar sólo algunos ejemplos de las ocurridas en la década de los años 70.

(Huelga advertir, pues, que la monarquía en este siglo era una institución progresista y que no perdió ese carácter hasta que quedó consolidado el absolutismo y se dio cabida posteriormente, en su seno, a las corrupciones. En consecuencia, la mayor parte de las villas preferían ser de jurisdicción real, ya que así garantizaban la paz y la justicia.)

Una gran parte de las ciudades eran patrimonio de las Órdenes Militares —Calatrava, Santiago y Alcántara—, que habían sido creadas en España en el siglo XII con una misión específica: hacer la guerra a los moros[3]. Sus cuadros se surtían de nobles que, tras un minucioso análisis genealógico que disipara la menor duda de impureza de sangre, pasaban a engrosar sus filas. Curiosamente, además, se mezclaba un aspecto religioso en su

---

[3] La Bula de 1164 así lo indica expresamente.

configuración y funcionamiento, y es que los miembros de las Órdenes eran o clérigos que se dedicaban a la vida contemplativa o frailes caballeros —de ahí que tuvieran el trato de *frey*— que se entregaban a la vida activa[4]. Estos caballeros se sujetaban al rigor de los tres votos —obediencia, pobreza y castidad[5]—, aunque con facilidad conseguían dispensas de ellos o los quebrantaban abiertamente.

Poco a poco las Órdenes Militares fueron reuniendo un riquísimo patrimonio y, con él, un enorme poder, debido principalmente a que, al ser el único ejército organizado y estable en esa época, con compañías de infantes y caballeros dispuestas en cualquier momento a entrar en combate, la monarquía las temía y trataba de granjearse su favor. El rey iba premiando los servicios que prestaban en la Reconquista con exenciones y donaciones de nuevas tierras, en las que las Órdenes fijaban sus propios tributos y portazgos.

En este contexto hay que situar los hechos históricos, y no tanto los literarios de nuestro drama, ocurridos en Fuente Obejuna.

Desde 1445 ocupaba el Maestrazgo de Calatrava, la cúspide del poder de esta Orden Militar[6], don Pedro Girón, un ambicioso conquense que, desde muy joven, fue aficionado a intrigas y a la escalada cortesana. Su empresa más trascendente —frustrada con la muerte, que le sobrevino en 1446— habría sido contraer matrimonio, una vez obtenida la dispensa del voto de castidad de manos de Paulo II, con la hermana del rey, la entonces princesa doña Isabel. En 1455, veintiún años antes de la revuelta de Fuente Obejuna, con motivo de la campaña contra los moros, empezaron las más graves

---

[4] Cfr. *Diffiniciones de la Orden y Cauallería de Calatrava; con relación de su institución, regla y aprobación,* Madrid, 1576; Francis Guitton, *L'ordre de Calatrave,* París, 1955, y R. W. Barber, *The Knight and Chivalry,* Nueva York, 1970.

[5] Este último fue dispensado por Paulo III, en 1540.

[6] El Maestre era elegido por mayoría y tenía palacio en Almagro.

desavenencias del Maestre con el monarca, quien le premió sus servicios con los portazgos y almojarifazgos de Jaén, Úbeda, Baeza y Andújar. Y unos años después, en 1460, tuvieron lugar las donaciones que más nos interesan para nuestro caso.

Como don Pedro Girón era persona de extraordinaria influencia, al rey le interesaba sobremanera hacerse con él, por lo que, mediante la colaboración de su valido, don Juan Pacheco, Marqués de Villena y hermano del Maestre, logra hacer las paces y le concede Morón, Bélmez y Fuente Obejuna, villas que habían dependido hasta entonces de Córdoba y, por tanto, del rey directamente. La astucia de Girón involucró a la Orden de Calatrava en sus asuntos privados: reunió en cabildo a sus lugartenientes y los convenció (?) para que aprobaran el trueque de las villas que el rey le había concedido a título personal por las de Osuna, lugar de residencia del Comendador Mayor de Calatrava, y Cazalla, punto de importantísimo valor estratégico, que pertenecían a la Orden; como resultado, Fuente Obejuna pasó a depender de Calatrava, mientras que don Pedro donaba a su hermano Cazalla y Osuna. El cambalache fue claramente gravoso para la Orden y enormemente ventajoso para Girón. Así fue cómo Fuente Obejuna pasó a depender, pues, de aquella Orden Militar.

A los pocos años, en 1464, don Pedro Girón renunciaba de sus cargos y cedía los derechos en su hijo, don Rodrigo Téllez, el Maestre protagonista del drama.

El mismo rey que había concedido Fuente Obejuna a don Pedro Girón, ante las presiones de Córdoba, que no había aceptado pacientemente la pérdida de aquella villa, anuló, en 1465, la donación y la restituyó a sus antiguos propietarios, otorgando Real Cédula dada en Salamanca el 11 de junio[7]. De todos modos, en 1468, y puesto que la villa había pasado a pertenecer a la Orden, el Comendador Mayor de Calatrava, don Fernán

---

[7] Ramírez Arellano, art. cit., pág. 470-476.

Gómez de Guzmán, el otro protagonista del drama de Lope, ocupó por la fuerza la villa de Fuente Obejuna y fijó allí la residencia de la Encomienda. Discrepan los documentos históricos sobre su comportamiento con los pacíficos habitantes del pueblo, pues para unos historiadores, como es Alfonso de Palencia[8], su gestión fue absolutamente encomiable, mientras que para otros, que son los más, tiranizó al pueblo y los agravios fueron continuos: mantuvo allí todo un ejército, al servicio de los intereses del rey portugués (frente a Isabel la Católica), que arrasaba cosechas y robaba las haciendas de las gentes del pueblo, aparte de los raptos y violaciones de sus mujeres, de modo que los vecinos fueron despoblando la ciudad y creando hasta 34 aldeas en su entorno para escapar del tirano[9].

Córdoba, por su parte, siguió presionando sobre la Corona, añadiendo a sus argumentaciones anteriores la denuncia de los desmanes del Comendador, de modo que, en 1475, lograron de los Reyes Católicos una Real Cédula por la que se les autorizaba a recuperar su antigua posesión, incluso por la aplicación de medios violentos[10].

------

[8] Dice Alfonso de Palencia en su *Crónica de Enrique IV,* traducida del latín por D. A. Paz y Melia, Madrid, 1908, tomo IV: «Había mandado tapiar los antiguos portillos de los muros, como libre de todo temor por parte de los de la villa, de quien se creía bien quisto por sus grandes bondades para con ellos, porque visitaba a los enfermos, y de entre los vecinos había escogido sus hombres de armas y les daba salario. La única queja del vecindario parecía ser el aumento de pechos por causa de las rentas anuales. Y éste fue el pretexto para la conjuración, tramada en gran parte por los más perversos de entre ellos.»

[9] Véase la relación de cargos que frey Francisco de Rades y Andrada hace en su *Chrónica de las tres Órdenes y Caballerías de Santiago, Calatrava y Alcántara,* Madrid, 1572, folios 78-80; Padre Mariana, *Historia General de España,* Toledo, 1601, tomo II, Libro XXIV, capítulo XI, pág. 572; Andrés Morales y Padilla, *Historia de Córdoba,* 1620, ms. 3269 de la Biblioteca Nacional de Madrid, folios 331-332.

[10] La Real Cédula de 20 de abril de 1475 decía: «E si acaeciere que nos ficiéremos merced o mercedes de las dichas villas e logares de la dicha cibdad... hayan logar de se alzar e rebelar para nos e para la dicha Corona, sin por ello caer ni incurrir en pena ni calunia alguna, e

Este hecho no era nada nuevo, pues ya en 1442 Juan II, en las Cortes de Valladolid, había proclamado el derecho de insurrección de las ciudades contra los señores a los que la Corona las había donado, siempre que sus habitantes no consintieran la donación[11].

El pueblo de Fuente Obejuna se rebeló al año siguiente, por lo que no falta razón a quienes aseguran[12] que la revuelta fue instigada por los cordobeses[13]. La rebelión fue extraordinariamente cruel[14].

Después de la revuelta, los Reyes Católicos comisionaron a Juan de Luvián para indagar la muerte del Comendador e investigar sobre las responsabilidades en la misma[15], porque, según parece, no aceptaron los hechos[16].

otrosí mandamos a vos la dicha cibdad e oficiales della que defendares e amparades para vos e para nuestra Corona real de los dichos nuestros regnos las dichas villas e logares.» Cfr. García Aguilera y M. Hernández, *op. cit.*, págs. 157-161.

[11] El acuerdo autorizaba a las ciudades «a rresistyr por fuerza de armas e en otra manera al tal a quien fuese fecha la dicha merçet». *(Cortes de los antiguos Reinos de Castilla y León,* III, Madrid, 1866, página 396.) Cfr. García Aguilera y M. Hernández, *op. cit.,* páginas 145-155.

[12] R. Ramírez Arellano y M. Cardenal, *arts. cits.,* en la nota 2.

[13] Ramírez Arellano explica que el día de la revuelta se encontraban extramuros de Fuente Obejuna varios caballeros Veinticuatro y oficiales de Córdoba. De la incorporación de la villa al señorío de Córdoba se levantó acta, publicada por Ramírez Arellano, en su art. cit., páginas 476-503.

[14] Rades cuenta en su *Chrónica* cómo, aunque las gentes del Comendador se hicieron fuertes durante dos horas en la Casa de la Encomienda, los rebeldes consiguieron entrar y matar a catorce de ellos. Después de golpear inmisericordes al Comendador, lo defenestraron y en la calle lo recibieron con lanzas, le arrancaron barbas y cabellos, le quebraron los dientes y, finalmente, lo despedazaron.

[15] Cfr. R. García y M. Hernández, *op. cit.,* págs. 199-202, en las que se publican los documentos fidedignos del Archivo General de Simancas, Registro General del Sello, 10 de mayo de 1476, fol. 375. Los Reyes tuvieron noticia del suceso por Diego de Pires y Martín, allegado al Comendador, y enviaron al comisionado para que el pueblo devolviera los bienes robados durante la revuelta y se enterrara dignamente al finado. Juan de Luvián fue autorizado al empleo de cualquier medio para obtener la verdad.

[16] La reacción de los Reyes Católicos no fue de beneplácito ante la

El litigio entre Córdoba, la Orden de Calatrava y los Reyes Católicos terminó en 1478, cuando la Corona falló definitivamente en favor de la Orden, lo mismo que el Papa Inocencio VIII, de modo que quedaban jurídicamente amparados los derechos de los calatravos sobre Fuente Obejuna y el 13 de septiembre de 1513 se zanjaba la cuestión, mediante la renuncia de Calatrava a la villa, a cambio de una indemnización de treinta mil ducados[17].

Estos fueron los hechos históricos, aunque obviamente Lope de Vega no tuvo de ellos la información que nosotros poseemos. Su conocimiento, reducido, de los sucesos fue probablemente a través del relato que se hace en la *Chrónica* de Rades, *Chrónica* que hojeó tantas veces en busca de argumentos interesantes para el público de los corrales de comedias. Lope no se acercó a la fuente con miras arqueológicas de historiador ni tampoco con la mentalidad social de un dramaturgo moderno, como luego tendremos ocasión de comprobar[18]; le interesaba fundamentalmente la creación de un espectáculo atractivo, de un poema dramático, aunque, claro está, no podía sustraerse a determinadas ideologías imperantes en su época.

Guiado por su instinto artístico, prescindió de algunos aspectos del relato de Rades, combinó asuntos distintos

---

revuelta. El 18 de febrero de 1477 dirigen una carta al Marqués de Cádiz para exigirle que preste cuanta ayuda militar sea precisa a los jueces que van a investigar los sucesos, y añaden: «Lo qual por nos visto, porque nuestra merced e voluntad es que tan feo y enorme caso como éste sea punido y castigado por justicia, porque a éstos sea castigado e a otros ejemplo e se non atrevan de facerlo tal.»

[17] Del pleito, García Aguilera y M. Hernández deducen la actitud pasiva de los Reyes Católicos ante los hechos, pues sólo fueron tomando cartas en el asunto según se les iba solicitando por quejas de particulares con motivo de los robos ocurridos con la revuelta, más que por la gravedad de la muerte del Comendador.

[18] López Estrada señala con palabras certeras: «La obra de Lope hay que entenderla rectamente según la vida de su tiempo, y esto resulta muy difícil para los que vivimos inmersos en la corriente del nuestro.» Véase su *op. cit.*, pág. 9.

para potenciar ciertos significados que quería conceder a su comedia y reorientó los elementos de la historia con vistas a establecer sus propios intereses ideológicos.

Evidentemente en el siglo XX predomina la lectura de *Fuente Ovejuna* como magnífico drama en el que se expresan poéticamente los más nobles deseos de justicia de toda una comunidad oprimida tiránicamente. Pero no parece que éste fuese el móvil de Lope ni así se entendió en su momento: la obra no constituyó ningún escándalo y además llevaba implícito un homenaje al Duque de Osuna, descendiente de uno de los protagonistas de la historia. Su único interés estaba en crear un drama de éxito acorde con los gustos y sentimientos de su público, y con las coordenadas culturales e ideológicas de entonces [19]. Por eso poda la fuente, prescinde de algunos aspectos y añade otros, con modificaciones inexplicables, cuando no inadmisibles en un primer golpe de vista, a los ojos de un hombre del siglo XX. Pero no se olvide que Lope era un dramaturgo y, además, del seiscientos. Su obra es una comedia y como tal hay que estudiarla; no podemos caer en el error de contrastar, des-

---

[19] El teatro del Fénix, como ha recordado M. Durán, en «Lope y el teatro de acción», en *Hispanófila*, 18 (1963), págs. 3-14, era «un teatro en que el pasado y el presente se unían, se compenetraban, se explicaban mutuamente; un teatro que recordaba a los españoles cuáles habían sido sus orígenes, cuáles sus hazañas, y al mismo tiempo exaltaba el presente, le daba una dimensión artística, lo encerraba en el dorado marco de la retórica y la lírica lopescas» (págs. 4-5).

Lo mismo viene a decir Ricardo del Arco y Garay, en *La sociedad española en las obras dramáticas de Lope de Vega,* Madrid, Escelicer, 1942, pág. 221: «El drama es, ante todo, la expresión de las ideas y de los sentimientos que una época se forma de su pasado y de su vida presente.»

Richard A. Young, por su parte, en *La figura del Rey y la Institución Real en la Comedia Lopesca,* Madrid, Porrúa, 1979, coincide con estos postulados: «Pero el análisis más somero muestra que Lope no es esclavo de sus fuentes. Revela el interés del dramaturgo, no el del historiador, y, de acuerdo con ello, se siente libre de suprimir o añadir cualquier cosa a los hechos históricos, con objeto de dar mayor relieve al efecto dramático o de amplificar la expresión temática de una comedia» (pág. 31).

de un punto de vista político-social y, en definitiva, ético, la versión que Lope da de los hechos históricos, con la
que la historia social nos ofrece. Eso es, por supuesto,
admisible e incluso conveniente para cualquier lector o
espectador de nuestro siglo; pero en una edición como
ésta, conviene el análisis meramente literario que des-
cifre las virtualidades estéticas del texto y el sentido que
para un hombre del siglo XVII tenían estos materiales.

II. El hecho literario

Por todo ello, una vez analizados los hechos históricos, vayamos al hecho literario.

II.1. Fuentes y génesis de la comedia

Lope de Vega tuvo a su alcance distintos libros en los que pudo encontrar el relato de los sucesos ocurridos en Fuente Obejuna. Los hechos habían quedado recogidos, desde poco después de suceder, en diversos textos.

El primero en el tiempo fue la *Gesta hispaniensia* [20], de Alfonso de Palencia (1423-1490), en donde se relata el episodio con decidida simpatía hacia el Comendador, al que se le llama Fernando Ramírez *(sic)* de Guzmán, y se le hace partidario de la reina Isabel y no de la Beltraneja en la contienda civil surgida a la muerte de Enrique IV [21]. Atribuye la causalidad de la revuelta a rivalidades entre nobles: el pueblo sería, en este caso, mero ejecutor. Con palabras descalificadoras describe la cruel muerte del calatravo.

Frey Francisco de Rades y Andrada escribió una *Chrónica de las tres Órdenes y Caballerías de Santiago, Calatrava y Alcántara,* en 1572, en la que cuenta tanto los sucesos ocurridos en Fuente Obejuna [22] como los de Ciudad Real [23], en unos términos muy próximos a los del texto de Lope, como luego veremos. Las diferencias

---

[20] *Gesta hispaniensia,* traducida del latín por D. A. Paz y Melia, Madrid, 1908, tomo IV.

[21] M. Cardenal Iracheta, en su art. cit., rechaza este relato por creerlo falso: «Se trataba de ocultar la intervención real en el hecho, en primer lugar, y además de cubrir con odiosidad a ciertos personajes, como don Alfonso de Aguilar [alcalde de Córdoba]» (pág. 21).

[22] Folios 79 y 80.

[23] Folios 78 y 79.

entre Lope y Rades son mínimas y han sido exhaustivamente estudiadas por la crítica[24]. El libro tuvo enorme difusión entre los nobles y estudiosos del siglo XVII y Lope sacó de él muchos de los argumentos de sus obras. Muy posiblemente sea la fuente inspiradora de su drama, lo cual viene a ser confirmado por el hecho de que el Fénix cayó en los mismos errores históricos que Rades, tal como ha señalado el profesor Anibal[25].

El Padre Mariana, por su parte, en su *Historia General de España*[26], cuenta sucintamente el caso, en los mismos términos que hiciera Rades, es decir, subraya el carácter tiránico del Comendador y su opción por la causa portuguesa. El Comendador queda citado con el nombre de Fernán Pérez de Guzmán.

El libro titulado *Casos raros de Córdoba,* conservado en la Biblioteca de la Real Academia de la Historia, refiere, en el número 21, la muerte del Comendador Mayor de Calatrava. José Valverde ha defendido que ésta pudo ser la fuente del drama[27].

Sebastián de Covarrubias también se hace eco de los

---

[24] El mejor trabajo a este efecto es el de C. E. Anibal, citado en la nota 2. También se han ocupado de ello, aunque con menor profundidad, López Estrada, *«Fuente Ovejuna» en el teatro..,* ya citado, y también en su artículo titulado «Los villanos filósofos y políticos. (La configuración de *Fuente Ovejuna* a través de los nombres y "apellidos")», en *Cuadernos Hispanoamericanos,* 238-240 (1969), págs. 518-542; Ramírez Arellano, Cardenal Iracheta, García Aguilera y Hernández lo estudian en sus obras citadas en la nota 2. Teresa J. Kirschner, *El protagonista colectivo en «Fuenteovejuna» de Lope de Vega,* Unpublished Ph. D. Dissertation, University of Chicago, 1973, caps. III, IV y V, también publicado en Salamanca, 1979, y C. A. Soons, «Two Historical Comedias and the Question of *Manierismo»,* en *Romanische Forschungen,* LXXIII (1961), págs. 339-346, se ocupan asimismo del tema.

[25] Anibal, art. cit. en nota 2.

[26] *Historia General de España,* Toledo, 1601, tomo II, Libro XXIV, capítulo XI, pág. 572.

[27] «Fuentes que inspiraron el drama de Lope *Fuente Ovejuna»,* comunicación presentada en el *I Congreso Internacional sobre Lope de Vega y los orígenes del teatro español,* celebrado en Madrid a principios del mes de julio de 1980.

sucesos en su *Tesoro de la lengua castellana o española* y en sus *Emblemas Morales*. En el *Tesoro* muy brevemente explica el proverbio de «Fuente Ovejuna lo hizo» con las siguientes palabras:

> Los de Fuente Ovejuna, una noche del mes de abril [de mil y quatrocientos y setenta y seis], se apellidaron para dar la muerte a Hernán Pérez de Guzmán, Comendador Mayor de Calatrava, por los muchos agravios que pretendían averles hecho. Y entrando en su misma casa le mataron a pedradas, y aunque sobre el caso fueron embiados juezes pesquisidores que atormentaron a muchos dellos, assí hombres como mugeres, no les pudieron sacar otra palabra más désta: «Fuente Ovejuna lo hizo»[28].

En los *Emblemas Morales*[29], hay uno, el número 97, encabezado por el texto siguiente: *Quidquid multis peccatur, inultum est,* en el que se refiere al juez investigador del suceso[30].

Finalmente, Andrés Morales y Padilla terminó, en 1620 —por lo que ya no es posible que pudiera servir

---

[28] *Tesoro de la lengua castellana o española,* Madrid, 1611, edición moderna de Martín de Riquer, Barcelona, 1943, pág. 612. López Estrada sugiere en su *«Fuente Ovejuna» en el teatro...,* pág. 94, que la información le pudo venir del Padre Mariana, y de ahí el error en el nombre del Comendador.

[29] *Emblemas Morales,* Madrid, 1610, fol. 297.

[30] Duncan W. Moir, en «Lope de Vega's *Fuenteovejuna* and the *Emblemas Morales* of Sebastián de Covarrubias Horozco», en el *Homenaje a William L. Fichter,* Madrid, Castalia, 1971, defiende que la lectura de ese emblema pudo sugerir la composición de la comedia. Su explicación de la génesis de la obra queda enunciada en estos términos: *Fuente Ovejuna* «may have been sparked off not by his leafing through the drama's obvious source, the *Chrónica de las tres Órdenes y Cavallerías de Santiago, Calatrava y Alcántara* of Rades de Andrada (Toledo, 1572) but by his seeing, in vivid pictorial and verbal terms, the essential ideas of the drama he was to create represented in a remarkable book by one of his most talented contemporaries, the *Emblemas morales* of Sebastián de Covarrubias Horozco (Madrid, por Luis Sánchez, año 1610)» (pág. 537).

como fuente del drama—, una *Historia de Córdoba*[31] en la que también quedan recogidos los hechos ocurridos en nuestra villa, pero desde el punto de vista de los cordobeses. Pocas son las diferencias de este relato con el de Rades[32].

Que la fuente concreta de Lope de Vega fue la *Chrónica* de Rades parece fuera de toda duda, por cuanto existe en la comedia una doble acción tal y como Rades recogía en los cuatro folios antes citados, aparte de los débitos argumentales y los préstamos casi literales que luego estudiaremos. Lope fijó su atención en este asunto llevado por el interés de rendir homenaje a un antiguo mecenas suyo, el Duque de Osuna, miembro de la misma casa de don Rodrigo Téllez Girón, el que era Maestre de la Orden de Calatrava cuando ocurrió la rebelión de Fuente Obejuna. Lope estimaba al Duque y quiso agradecerle su larga protección[33] con dedicatorias de alguna de sus obras y con la dramatización de la vida de don Rodrigo Téllez, ilustre antepasado suyo. Lope había escrito una obra, titulada *La Muerte del Maestre,* que versaba sobre la de don Rodrigo en Loja, como un magnífico héroe cristiano, y buscando materiales para escribir una pieza sobre sus mocedades, se encontró con que el episodio más llamativo durante su maestrazgo fue el de la rebelión de la villa cordobesa. Don Rodrigo había intervenido, además, en la toma de Ciudad Real, enfrentándose a los Reyes Católicos, movida su voluntad por el Conde Urueña y el Marqués de Villena. Lope no podía reflejar este suceso de acuerdo con la verdad histórica sin que la figura de don Rodrigo saliera malparada,

---

[31] Se conserva en la Biblioteca Nacional de Madrid, ms. 3.269; en los folios 331-332 puede leerse el relato de los sucesos de Fuente Obejuna.

[32] Quizá la más significativa sea el desenlace: «Aberiguada la berdad los Rreies mandaron no castigasen a honbre de el lugar y así se quedó sin hacer más aberiguación contra ellos juzgando ser castigo del cielo la muerte del comendador.»

[33] Cfr. C. E. Anibal, «Lope de Vega and the Duque de Osuna», en *Modern Language Notes,* XLIX (1934), págs. 1-11.

de modo que lo pintó en el drama como un joven rebelde, cortés y buen guerrero, sin experiencia política, por lo que pudo ser mal aconsejado para que entrara en combate contra los monarcas de Castilla. El Fénix modifica las figuras de los instigadores, sustituyendo al Conde y al Marqués por el Comendador, de modo que fuera éste el «malo» de la obra, con técnica absolutamente maniquea, mientras que diluye la responsabilidad del Maestre al aducir insistentemente en el drama su juventud, ingenuidad e inexperiencia[34], y queda magnificada su grandeza moral al arrepentirse de sus errores y acudir a los Reyes en demanda de perdón, brindándoles su ejército para la campaña contra los moros de Granada[35].

Fuente Ovejuna, pues, se escribió como homenaje a los Girones y no como exaltación exclusivamente de un caso de justicia social[36].

II.2. La obra artística

Más arriba dijimos que diferían notablemente la lectura de *Fuente Ovejuna* del siglo XVII de la de hoy, pero que aquí interesa la primera fundamentalmente. Para ello, parece oportuno comparar la versión de los hechos que presenta la *Chrónica* de Rades con la de Lope de Vega para deducir los aciertos artísticos del escritor al convertir en drama lo que simplemente era un relato cronístico, aparte de desvelar así sus intereses ideológicos.

---

[34] Véanse los vs. 6, 30-31, 66-67, 86, 120, 150, 515, 670, 682, 1470-1471, 2155-2156, 2308-2309.

[35] Véanse los vs. 2310-2345.

[36] Ésta es la explicación que el profesor Anibal ofreció de la génesis de *Fuente Ovejuna,* en las págs. 666 y ss., de su artículo titulado «The Historical Elements of Lope de Vega's *Fuente Ovejuna»,* citado en la nota 2, «I should conjeture that he did not gather his data for *Fuente Ovejuna,* that the may with considerable likelihood not even have been aware of Fuente Ovejuna's rebellion against the Comendador, until he later wanted to pay the Duque de Osuna a second compliment» (pág. 676).

Los hechos según la Chrónica

1) La rebelión fue un hecho colectivo, promovida por todo el pueblo: «Determinaron todos de un consentimiento y voluntad de alzarse contra él y matarle.»

2) La rebelión fue encabezada por las autoridades locales.

3) El pueblo puso en marcha la venganza a los gritos de «Fuente Ovejuna» y «Vivan los Reyes don Fernando y doña Isabel y mueran los traydores y malos christianos».

4) Las gentes del Comendador se refugiaron en una dependencia de la Casa de la Encomienda y se hicieron fuertes durante dos horas.

5) El Comendador pidió a los rebeldes explicaciones acerca de su conducta y se ofreció a desagraviarlos, pero el pueblo no lo escuchó.

Los hechos según la comedia

1) y 2)   Fidelidad a la *Chrónica,* salvo la siguiente modificación en los versos 1652-1847: La rebelión va
precedida de una asamblea popular en la que todo
el pueblo, con sus autoridades al frente, discute y
analiza con absoluta precisión la gravedad de los
desmanes del Comendador, al que califica de tirano, y propone las posibles soluciones adoptables.
Concluyen que la única vía de solución es la juramentación para darle muerte[37].

3)   Se repiten los mismos gritos de «Viva Fuente Ovejuna» (vs. 1874, 1882, 1887, 1919), vivas a los reyes
y condenas a las gentes del Comendador (vs. 1865,
1866, 1811, 1812, 1882, 1883, 1887, 1919). Aparte
de esto, existe una modificación importante:
mientras que en la *Chrónica* no se grita —los fa-
mosos apellidos— que el Comendador sea un tirano, en los de la comedia se subraya precisamente
ese carácter: «¡Mueran tiranos traidores! / ¡Traidores tiranos mueran!» (vs. 1813 y 1814), «¡Fuente
Ovejuna, y los tiranos mueran!» (v. 1878), «¡Muchos años vivan / Isabel y Fernando, / y mueran
los tiranos!» (vs. 2028-2030, 2054-2056). También
se hace referencia a la tiranía en los versos 2041,
2042 y 2053, entre otros[38].

4)   Igual que en la *Chrónica,* aunque sin especificar el
tiempo de resistencia: vs. 1848-1878.

5)   Fidelidad a la *Chrónica:* vs. 1879-1887.

---

[37] Más adelante, en el epígrafe II.2.1, tendremos ocasión de explicar y valorar estas modificaciones.
[38] Véase más adelante el epígrafe II.2.1.

6) La venganza fue extraordinariamente cruel: «Con un furor maldito y rabioso» cayeron los amotinados sobre el Comendador. Lo hirieron, lo defenestraron, en la calle lo recogieron con lanzas, le arrancaron las barbas y los cabellos, le rompieron los dientes, profanaron el cadáver, lo insultaron y le hicieron pedazos en la plaza.

7) Las mujeres organizaron su propia compañía y celebraron la muerte del Comendador con música.
8) Los niños también organizaron su propia compañía.
9) El pueblo se apropió de los bienes de los de Calatrava.

10) Los reyes comisionaron a un juez pesquisador para que identificara a los promotores de la revuelta. A pesar del empleo de torturas, no consiguió información capaz de esclarecer las responsabilidades.
11) Los reyes aceptaron los hechos consumados: «Y sus Altezas siendo informados de las tyranías del Comendador Mayor, por las quales avía merescido la muerte, mandaron que se quedasse el negocio sin más averiguación.»

12) La relación de los delitos del Comendador se resume en el «mal tratamiento a sus vasallos», y se desglosa en mantener un ejército al servicio del rey portugués, ejército que constantemente agraviaba y afrentaba al pueblo, aparte de que arrasaba las haciendas; el Comendador, por su parte, deshonraba a las mujeres del pueblo y robaba los bienes.

6) Se sigue el relato de la *Chrónica,* pero se modera la crueldad de la venganza, aparte de que la escena se desarrolla fuera del escenario y sólo se escuchan los gritos; más tarde el espectador se enterará de lo sucedido por las palabras de Flores ante los Reyes, a partir del v. 1956: lo hirieron (v. 1977), lo defenestraron (v. 1980), lo recogieron con lanzas en la calle (v. 1982), le arrancaron las barbas (v. 1948) y le hicieron pedazos (vs. 1990-1991).

7) No existe el regocijo femenino.

8) La intervención de los niños no se escenifica, sino que es referida sólo de pasada en el v. 1822.

9) Lo mismo que en la *Chrónica* (vs. 1996-1999), pero sin ser representado ante los espectadores, quienes se enteran por el relato de Flores.

10) Igual que en la *Chrónica.*

11) Lope difiere notablemente de la fuente en este punto. A partir del v. 2442, el rey, una vez informado del fracaso de las pesquisas, hace la siguiente reflexión: 1) existe imposibilidad de esclarecer las responsabilidades personales; 2) el delito es grave; 3) no cabe más salida que la absolución, y 4) Fuente Ovejuna volverá a pasar a otro Comendador de Calatrava [39].

12) Modificación de Lope de Vega: de los delitos atribuidos en la *Chrónica* al Comendador, se hace una selección en la comedia; por una parte, el ejército establecido en Fuente Ovejuna es muy reducido [40] y

---

[39] Véase la explicación de estas modificaciones en los epígrafes II.2.1 y II.2.2.

[40] En una ocasión se dice:

MAESTRE.   ¿Tenéis algunos soldados?
COMENDADOR. Pocos, pero mis criados
                        (vs. 159-160).

13) Vaga e imprecisamente, Rades se refiere a la conciencia que el pueblo de Fuente Obejuna posee de la soberanía: el poder emana del pueblo y éste lo deposita en la autoridad; «quitaron las varas y cargos de justicia a los que estavan puestos por esta Orden, cuya era la jurisdicción; y diéronlas a quien quisieron».

14) Los hechos desarrollados en Ciudad Real, protagonizados por el Maestre, fueron inspirados por el Conde Urueña y por el Marqués de Villena.

no protagoniza directamente ninguna fechoría; son los criados del Comendador quienes intervienen como alcahuetes en los delitos y, sobre todo, el propio Comendador; por otra parte, Lope sólo ha seleccionado de las transgresiones del Comendador las sexuales, al deshonrar a las mujeres del pueblo, y sólo en alguna ocasión[41] y muy de pasada se hace referencia al delito económico de robar las haciendas.

13) Lope modifica la fuente en el sentido de que no existe la menor referencia a la soberanía popular; muy al contrario, se dice que el poder es patrimonio del monarca (*el rey solo es señor después del cielo,* v. 1700). Por otra parte, su nombre es el que se esgrime en la revuelta y además queda al final como el verdadero restablecedor del orden[42], de modo que la versión de Lope va por otros derroteros.

14) Lope difiere en este punto de la *Chrónica:* el que induce al Maestre a tomar Ciudad Real es el Comendador, en un feliz hallazgo de Lope para unir las dos acciones del drama, e involucrar a Fernán Gómez en los delitos sociales de Fuente Ovejuna y en los políticos de Ciudad Real[43]. Bastará la muerte del Comendador para castigar una y otra acción, quedando el Maestre libre de responsabilidad y la obra como homenaje a su figura, tal y como más arriba hemos expuesto.

Y en otra ocasión se lee:

> COMENDADOR. ¿Qué soldados tengo aquí?
> ORTUÑO.   Pienso que tienes cincuenta
>   (vs. 1131-1132).

[41] Versos 1710 y 2399.
[42] Véase la explicación de estas modificaciones en el epígrafe II.2.2.
[43] Cfr. G. W. Ribbans, «Significado y estructura de *Fuenteovejuna*», en J. F. Gatti, *El teatro de Lope de Vega*, Buenos Aires, Eudeba, 1967, 2.ª ed., pág. 108.

33

II.2.1. La técnica de la rebelión y el derecho de tiranicidio

De las modificaciones constatadas, tal vez sea la más interesante la de haber introducido aquella escena con que se abre el acto III, en la que todo el pueblo se reúne para buscar soluciones a su situación. Importa ahora intentar explicar su inclusión. Este hecho no nos parece ajeno al de haber creado un personaje colectivo, la comunidad de Fuente Ovejuna, sin ninguna individualidad que destaque que no sea la de los personajes aristocráticos.

El Comendador aparece como un anacrónico y perfecto tirano que infringe el código ético al que está obligado: prestar *auxilium*, proteger y honrar a sus vasallos, buscar el bien común[44]. Humanamente está adornado de toda suerte de defectos (lujuria, soberbia...); políticamente influye sobre el Maestre de la Orden de Calatrava para emplear los medios bélicos de que disponen en contra de la Corona y al servicio de intereses extranjeros. Concibe su función política en términos feudales, por lo que afirma, una y otra vez, como valor supremo su santa voluntad

> que a hombre de calidades
> no hay quien sus gustos ataje
> (vs. 1001-1002.)

Las mujeres de su villa son patrimonio personal:

> ¿Mías no sois?
> (v. 603.)

El Comendador abusa de su autoridad, con lo que automáticamente se ve desposeído de legitimidad y se convier-

---

[44] J. A. Maravall, *Teatro y literatura en la sociedad barroca*, Madrid, Seminarios y Ediciones, 1972, pág. 89.

te en un tirano. Ni escucha las protestas de sus vasallos ni se aviene a respetarlos[45].

Los hombres de que se rodea son de idéntica catadura moral. Flores queda definido como alcahuete. Fernán Gómez y los suyos son, pues, tiranos.

La fuente insiste en que era todo el pueblo el que padecía los desmanes de los calatravos y fueron a la rebelión como comunidad, sin cabecillas concretos. Los refranes sobre el caso, «Fuente Obejuna lo hizo», «¿Quién mató al Comendador? Fuente Obejuna, señor» y «Fuente Abejuna, ¿quién mató al Conde? Todos a una», recogen la misma idea. La dificultad para el escritor radicaba en darle un tratamiento dramático a esa comunidad compuesta de seres anónimos e intrahistóricos, convertir en teatro ese «Fuente Obejuna lo hizo». Por otra parte, el derecho de resistencia y de tiranicidio asiste a todo el pueblo, de modo que había que ir creándolo a lo largo de la comedia para hacerle depositario del mismo. Como es la colectividad la que interesa y no alguno de sus individuos (podría haberse escrito el drama de Frondoso y Laurencia, sobre un caso particular, como se hizo en *Peribáñez*) no se dibuja especialmente ningún personaje, ninguno destaca: todos vienen a ser simplemente elementos de una comunidad. López Estrada ha señalado con acierto la creación lopesca del pueblo como personaje[46], a modo de coro activo, compuesto de voces distintas, y en ningún momento mero espectador pasivo. El grupo va configurándose como tal, va ganando cohesión, según van en aumento las tropelías y, sobre todo, a partir de los amores de Frondoso y Laurencia[47], siendo ésta quien más influye en su cristalización[48].

---

[45] «Tal como se plantea, entra el asunto, por tanto, en el dominio de la cuestión jurídica de si es lícito alzarse contra el señor tirano» («Los villanos filósofos...», pág. 533).

[46] *Ibíd.*, págs. 536 y ss.

[47] «La lenta creación de este coro activo comienza precisamente en el caso de buen amor de Laurencia y Frondoso; la razón que él da a ella es que Fuente Obejuna los tiene *para en uno*». López Estrada, *«Fuente Ovejuna» en el teatro...*, pág. 43.

[48] Cfr. J. A. Madrigal, *«Fuenteovejuna* y los conceptos de Metatea-

La consolidación del personaje colectivo se produce en la escena que abre el acto III y que era absolutamente necesaria desde una doble perspectiva: de una parte, poéticamente, pues era preciso que el grupo quedase definitivamente configurado como tal; y de otra, políticamente, para que asumiese conscientemente el derecho de tiranicidio.

El dramaturgo se comporta con exquisita cautela, consciente de la gravedad del asunto que está tratando [49]. Está exponiendo la técnica de la rebelión; por eso, ha de introducir en el texto todas las secuencias que constituyen el proceso, desde las tropelías a la adquisición de conciencia de la injusticia por parte del pueblo, la necesidad subsiguiente de que sea toda la villa la que se juramente para destituir al tirano y el acuerdo final de no denunciar las responsabilidades individuales. Todo Fuente Ovejuna padece la situación y todo Fuente Ovejuna interviene en su solución. La adición de la escena de la juramentación es, pues, un magnífico acierto de Lope cuya eficacia dramática hemos explicitado, creemos, suficientemente. Tan breve enunciado como es «Fuente Obejuna lo hizo» se ha desarrollado dramáticamente en la comedia con verdadera maestría artística.

En la citada escena se produce la toma de conciencia colectiva de lo insufrible de la situación: la comunidad reunida analiza aquélla y discute las soluciones alternativas. En la reunión están representados todos los del pueblo: los ancianos (Esteban), los jóvenes (Barrildo), los más modestos labradores (Mengo); están las autoridades locales (alcaldes y regidor), y finalmente se incorporan las mujeres, simbolizadas en la figura de Laurencia. Los distintos representantes del pueblo van aduciendo los delitos del Comendador y concluyen que se encuentran ante un tirano cuyos desmanes le han desposeído de le-

tro y Psicodrama: un ensayo sobre la formación de la conciencia en el protagonista», en *Bulletin of the Comediantes,* 31 (1979), págs. 15-23.

[49] N. Salomon, *Recherches sur le thème paysans dans la «Comedia» au temps de Lope de Vega,* Burdeos, Institut d'Études Ibéroaméricaines de l'université, 1965, págs. 861-2.

gitimidad y no le hacen acreedor de llevar la Cruz de Calatrava[50]. Las vías de solución son estudiadas una por una: Juan Rojo propone apelar a los Reyes (vs. 1674-1679), pero Barrildo le hace ver lo inadecuado de esa salida por estar el rey muy ocupado en la guerra (vs. 1680-1683). El regidor sugiere «desamparar la villa» (vs. 1684-1685), pero Juan Rojo señala las dificultades para llevarlo a efecto (v. 1686). El regidor propone, al fin, el tiranicidio (vs. 1697-1698) y suscriben la idea inmediatamente Barrildo (v. 1699), Esteban (vs. 1700-1704) y Juan Rojo, quien concluye con estas claras y rotundas palabras:

> Si nuestras desventuras se compasan,
> para perder las vidas, ¿qué aguardamos?
> Las casas y las viñas nos abrasan;
> tiranos son. ¡A la venganza vamos![51]

Ya está expuesta la fundamentación jurídica de la rebelión contra el tirano que precisa, por otra parte, de una tan sólida razón como es la existencia de la tiranía[52].

Inmediatamente después entra en escena Laurencia para denunciar los últimos desmanes de los que ella ha sido la víctima. Sus palabras exaltan definitivamente los ánimos y vence incluso a los más reticentes, como Mengo, que, por fin, exclama:

> ¡Mueran tiranos traidores!

Y el pueblo se rebela contra el Comendador y le da muerte.

Una abundante literatura filosófico-política había planteado desde tiempo atrás el derecho de la colectivi-

---

[50] «El Comendador ha violado los principios representados por la cruz de Calatrava, de modo que ya no merece llevarla» (Everett W. Hesse, «Los conceptos del amor en *Fuenteovejuna*», en *Revista de Archivos, Bibliotecas y Museos*, LXXV (1968-1972), pág. 312).

[51] No deja de ser sorprendente que en la delicada hora de decidir la rebelión se soslaye el problema sexual, y sólo se asuman las razones económicas; evidentemente el derecho de tiranicidio exigía una fundamentación sólida.

[52] López Estrada, «Los villanos filósofos...», pág. 531.

dad a deshacerse del tirano, cuando éste carecía de titularidad legítima o cuando abusaba de su autoridad. Estas ideas flotaban en el ambiente y Lope no pudo sustraerse a ellas, de modo que aporta con *Fuente Ovejuna* su propia actitud ante el problema[53]; por eso pinta un perfecto tirano[54], modificando la fuente y recargando las tintas en el mal Comendador; por la misma razón escapa a la particularización de los sucesos y los hace colectivos. Recordemos que los apellidos lanzados en la rebelión son los de «¡Fuente Ovejuna!», «¡Vivan Fernando y Isabel!», «¡Fuente Ovejuna, y los tiranos mueran!», añadiéndose la referencia a los tiranos que no estaba en la fuente. El profesor Gómez-Moriana ha explicado sagazmente estas diferencias[55].

La violencia que pone fin a la vida del Comendador se

---

[53] «Perfecto es también el desarrollo dramático de la acción; toda la trama se orienta hacia el mismo fin: el justificado sacrificio del tirano» (J. M. Lope Blanch, en el prólogo a su ed. de *Fuente Ovejuna,* México, Porrúa, 1970, 6.ª ed., pág. 5).

[54] «El carácter de este personaje encaja dentro de las características del *tirano,* tal como aparece definido en la tragedia del Renacimiento» (López Estrada, *«Fuente Ovejuna» en el teatro...,* pág. 48).

[55] Antonio Gómez-Moriana, *Derecho de resistencia y tiranicidio. Estudio de una temática en las «Comedias» de Lope de Vega,* Santiago de Compostela, Porto y Cía, 1968, págs. 65-85. «Si comparamos esta narración [Rades] con la obra que comentamos, lo primero que salta a la vista es que Lope no ha sido fiel a la narración del hecho histórico que da la *Crónica.* Y es interesante observar que las alteraciones que ha llevado a cabo Lope no hacen otra cosa que limitar el furor incontenido que presenta la *Crónica,* para encauzarlo por las normas jurídicas del derecho de resistencia. Si el pueblo en la *Crónica* grita: "Mueran los traidores", Lope le hace decir: "Mueran los tiranos", si el levantamiento de la *Crónica* es un mero motín popular, Lope lo hace preceder de una junta en que cada paso es deliberado con una disciplina ejemplar, discutiéndose ampliamente, antes de pasarse a la acción, el derecho a resistir al Comendador en sus desmanes y la vía que les es dado seguir en tal resistencia, vista la necesidad urgente de actuar y la imposibilidad de resolver el conflicto por apelación a los Reyes. El mismo momento de la muerte del Comendador es de una crueldad en la *Crónica* y de una bajeza en los gritos del pueblo que están totalmente ausentes en la obra de Lope. Tampoco recoge Lope la profanación del cadáver del Comendador que narra la *Crónica»* (págs. 69-70).

justifica por el simple derecho natural[56]; son los propios actos inmorales del tirano los que ocasionan la catástrofe y le acarrean la muerte. Ha empleado su poder exclusivamente en beneficio propio, olvidando el bien común[57]; ha destruido la armonía de la vida ciudadana y sólo con su muerte puede restablecerse[58].

A los villanos les asiste además la ayuda divina: «¡Justicia del cielo baje!» (v. 1641) se implora poco antes de la rebelión. Textos parecidos abundan en la comedia:

> ¡Oh, rayo del cielo baje,
> que sus locuras ataje!
> (vs. 1146-1147).
> Apelo de tu crueldad
> a la justicia divina
> (vs. 1275-1276).

Cuando Laurencia arenga a las mujeres y las anima a la rebelión, les dice:

> Caminad, que el cielo os oye
> (v. 1815).

---

[56] Este aspecto es materia de estudio en el trabajo de Robert Fiore, «Natural Law in the central ideological theme of *Fuenteovejuna*», en *Hispania*, XLIX (1966), págs. 75-80.

[57] «God, the ultimate Dramatist, presides over the universe in which individual souls play their assigned roles», y sigue: «This divine purpose and plan of nature is presented by Lope in the four action levels of *Fuenteovejuna*. The theme of the all of the actions in the play is one of order disrupted and restored by distributive justice. This order stems from and conforms to the natural law according to Aristotelian-Thomistic principles» (Fiore, art. cit., pág. 76).

[58] «The theme of the play then transcends that of a quasi-jacobinical class-struggle between vicious nobles and innocent rustics. Tyranny, it is true, is seen to be overthrown, but it is not the Comendador's tyranny alone. The harmonious structure of society gets reconstituted, while the inhabitants of Fuenteovejuna are wiser and no longer instruments of desire. This is the sense of Lope's selection, here and in many other plays, of certain historical incidents as a basis for invention: to show the perversity of natural man transcended and the harmony of the great body of society restored» (C. A. Soons, *op. cit.,* pág. 342).

Estas citas inducen a pensar que la rebelión del pueblo es una manifestación de la voluntad del cielo, de modo que la *vox populi* se convierte en vehículo de la *vox Dei,* lo cual justifica la acción justiciera, como ha señalado E. Forastieri[59].

II.2.2. La unidad de acción y la propaganda de la Monarquía absoluta

El análisis anterior intenta explicar el acierto artístico de la inclusión de la escena con que se abre el acto III y la magistral confección del personaje colectivo de *Fuente Ovejuna.* Hemos intentado, asimismo, poner de manifiesto la prudencia con que Lope plantea el desarrollo de la rebelión, sus fundamentos jurídicos y la legalidad de la decisión popular. Pero no olvidemos que el dramaturgo está sirviendo lealmente a la causa monárquica en la que cree[60], lo mismo que sus espectadores, y que está montando en el escenario una historia ocurrida siglo y medio antes. Para el escritor no hay sistema político superior al monárquico: con él está garantizada la justicia, el orden y la armonía social, y fuera de él todo es desestabilidad y caos[61].

Lo que ocurre en el escenario no está referido a la actualidad, sino que es una visión del pasado nacional, a través de las categorías del seiscientos. El episodio de Fuente Obejuna es información acerca de cómo surgió el sistema en el siglo XV[62]:

---

[59] Cfr. E. Forastieri Braschi, «*Fuenteovejuna* y la justificación», en la *Revista de Estudios Hispánicos,* II, 1-4 (1972), págs. 89-99.

[60] R. A. Young, art. cit.

[61] «La monarquía es para Lope la roca sobre la cual descansa la sociedad, la condición *sine qua non* de la existencia social en la tierra» (G. W. Ribbans, art. cit., pág. 119).

[62] Javier Herrero ha destacado precisamente este aspecto en un artículo titulado «The New Monarchy: A Structural Reinterpretation of *Fuenteovejuna*», en la *Revista Hispánica Moderna,* XXXVI, 4 (1970-1971), págs. 173-185. En las págs. 176-177 escribe: «I contend that

Que Reyes hay en Castilla,
que nuevas órdenes hacen,
con que desórdenes quitan
(vs. 1620-1622).

Para un espectador del siglo XVII lo que contempla no es modelo de acción, sino visión de su pasado como nación: está comprobando los avances que ha supuesto la llegada de una monarquía fuerte implantada por los Reyes Católicos[63] y, en definitiva, sentirá en su ánimo la alegría de ser vasallo de un rey de la Casa de los Austrias, aunque distara cada vez más el papel de la realeza contemporánea de aquella otra de finales del siglo XV. Isabel y Fernando terminaron con los desmanes de una nobleza injusta en muchos casos. Éstas son las enseñanzas de *Fuente Ovejuna* en el siglo XVII[64].

La Monarquía se concebía en términos de absolutismo, como «la clave de bóveda del sistema»[65], y era la Corona el único mantenedor del orden: «El Rey solo es señor después del cielo» se dice en el v. 1700, y en otro lugar, refiriéndose a la Cruz de Calatrava, se afirma:

these different philosophical themes aim to justify a historical and political intention: Lope de Vega's poetical purpose in *Fuenteovejuna* consists in a grorification of the triumph of *absolute monarchy* over the forces feudalism, of *anarchic aristocracy*. By choosing the notorious Order of Calatrava and confronting it with the Catholic Kings, Lope is making of their struggle and the consequent defeat of the order, the image of the end of *feudalism* and the emergence of a new order, which, for him, is embobied in the *Spanish universal monarchy,* destined to realize in the world the great ideas of cosmic harmony, Christoplatonic love, ideal order, and receiving, finally, to this aim, the sacred blessing of the Supreme Divine Power.»

[63] Cfr. D. Alonso, «*Fuenteovejuna* y la tragedia popular», en *Del Siglo de Oro a este siglo de siglas,* Madrid, Gredos, 1962, págs. 90-94.

[64] Roaten señala esta motivación como la principal en la génesis de la comedia. «Defense of Monarchy, the principal ideological motive» (D. Roaten, «Wölflin's Principles Applied to Lope's *Fuenteovejuna*», en *Bulletin of the Comediantes,* IV, 1 (1952), págs. 1-4; la cita en página 2).

[65] J. A. Maravall, *op. cit.,* pág. 133. Véase sobre esto especialmente el capítulo XI, «La Monarquía absoluta, clave de bóveda del sistema de privilegios», págs. 119-135.

> Póngasela el Rey al pecho,
> que para pechos reales
> es esa insignia, y no más
> (vs. 1628-1630).

Por si fuera poco, a la institución se la considera de creación divina y, por tanto, el rey es auténtico vice-Dios en la tierra.

> Son divinidad los reyes
> (Lope de Vega, *El rey don Pedro en Madrid.*)

> Que es deidad el rey más malo
> en que a Dios se ha de adorar
> *(ibíd.)*

> El rey es Dios en la tierra
> (Vélez de Guevara, *La serrana de la Vera.*)

En *Fuente Ovejuna* encontramos, a este efecto, textos tan significativos como los que a continuación transcribimos, en los que se expone el carácter teocéntrico del poder y su origen divino:

> Católico rey Fernando
> a quien ha enviado el cielo
> desde Aragón a Castilla
> para bien y amparo nuestro
> (vs. 655-659.)

> Católico rey Fernando
> a quien el cielo concede
> la corona de Castilla
> (vs. 1948-1950.)

Y ese carácter divino de la institución suprimía toda responsabilidad ante los vasallos y justificaba el uso absoluto del poder, hasta tal punto que no faltaron los filósofos que defendían la necesidad de sufrir al rey tirano como justo castigo divino a los pecados de la colectividad.

Evidentemente, lo que ocurre en *Fuente Ovejuna* y tal como lo expone Lope de Vega favorecía el sistema y le servía como propaganda. Es muy significativa la supresión de un punto que está en la *Chrónica* y que el escritor ha sabido evitar astutamente. Y es la referencia a que los labradores despojaron de las varas y, por tanto, de la autoridad, a los que la venían ostentando:

> Los de Fuente Obejuna, después de aver muerto al Comendador mayor, quitaron las varas y cargos de justicia a los que estavan puestos por esta Orden, cuya era la jurisdicción; y diéronlas a quien quisieron. Luego acudieron a la ciudad de Córdova, y se encomendaron a ella, diziendo querían ser subjetos a su jurisdicción, como avían sido antes que la villa viniesse a poder de don Pedro Girón.

Las palabras de Rades significan implícitamente que la soberanía, en opinión de la villa, reside en el pueblo y éste deposita el poder en quien goza de su confianza, sea el monarca o sea Córdoba[66]. Eso resultaba inadmisible para un monárquico como Lope y, por tanto, lo suprime y deja bien claro el principio divino del poder. Los labradores se rebelan, despojan al tirano y restablecen el orden acudiendo a los Reyes que son los verdaderos depositarios de la soberanía. El poder viene de Dios al vice-Dios que es la Corona. *Fuente Ovejuna,* pues, es una defensa del sistema político entonces vigente.

Pero no es comedia de propaganda sólo por el aspecto comentado, sino también, y con mayor razón, por la doble acción de que consta.

En el *Arte Nuevo de hacer comedias,* Lope expuso su criterio acerca de la unidad de acción:

> Adviértase que sólo este sujeto
> tenga una acción, mirando que la fábula
> de ninguna manera sea episódica,
> quiero decir inserta de otras cosas

---

[66] Cfr. Gómez-Moriana, *op. cit.,* pág. 81.

que del primero intento se desvíen;
ni que de ella se pueda quitar miembro
que del contexto no derribe el todo
(vs. 181-187).

Se ha negado a *Fuente Ovejuna* la unidad de acción [67]
por constar de dos núcleos argumentales: el desarrollado
en la villa y el de Ciudad Real y Almagro, a los que no
se les encontraba un sentido unitario. Hay que tener
presente, como ha señalado J. M. Rozas [68], que la acción
se desarrolla de acuerdo con la concepción barroca, «de
una manera doble y compleja, como ante un espejo, es-
tableciendo unas dualidades: lo particular y lo general,
lo práctico y lo teórico, lo dramatizable histórico y lo directamente historiable: la intrahistoria y la historia. En
todos los aspectos una acción bifronte». Ya antes, Diego
Marín había estudiado la técnica de construcción de la
segunda intriga en el teatro de Lope[69], llegando a
conclusiones semejantes. Y en efecto, en *Fuente Ovejuna* encontramos esa doble acción que presenta dos aspectos de una misma cuestión: el motivo principal suce-
de en la villa cordobesa y es de corte intrahistórico; el
secundario tiene como escenario Ciudad Real y es de carácter histórico. En el primero interviene el pueblo compuesto de seres anónimos; en el segundo los Reyes y el
Maestre, personajes de crónica y de primera página de
periódico. La primera acción presenta el aspecto social,
la segunda el político.

El profesor Parker [70] ya señaló que el aspecto político
y el socio-moral se unían al final del segundo acto, cuan-

[67] Anibal, art. cit.

[68] J. M. Rozas, *Significado y doctrina del «Arte Nuevo» de Lope de
Vega,* Madrid, Sociedad General Española de Librería, 1976, páginas 92-93.

[69] Diego Marín, «Técnica de la intriga secundaria de Lope de
Vega», en *Hispania,* XXXVIII, 3 (1955), págs. 272-275. Véase, asimismo, su libro *La intriga secundaria en el teatro de Lope de Vega,* México, 1958.

[70] A. A. Parker, «Reflections on a new definition of *Baroque* Drama», en *Bulletin of Hispanic Studies,* XXX (1953), págs. 142-151.

do los labradores comprenden que su salvación está en la consecución de la victoria por parte de los Reyes Católicos en la guerra civil [71]. Las dos acciones coinciden en su sentido final: son dos aspectos de la conducta condenable del Comendador, de modo que una acción refuerza a la otra, intensifica su significado. Por eso Lope de Vega modificó la fuente y responsabilizó también al Comendador de la rebelión contra los Reyes [72]. G. W. Ribbans analizó más detalladamente la cuestión y demostró definitivamente que la acción secundaria era pertinente y estaba relacionada con la principal [73]; más tarde, López Estrada [74] y J. M. Rozas [75] han profundizado en este aspecto. Ribbans observó cómo la nobleza contraía dos obligaciones fundamentales: una de carácter político, «su deber hacia el rey y hacia sus pares», y otra de carácter social, que le obligaba para con sus vasallos. A la acción principal mira la primera, y a la secundaria la otra [76]; y ambas presentan su fracaso, de modo que «los dos temas se complementan e ilustran mutuamente» [77]. La Orden de Calatrava tiene efectos negativos en el nivel social, la opresión de los villanos de Fuente Ovejuna, y,

---

[71] *Ibíd.,* pág. 145.

[72] «The political rebellion of the Comendador against the Sovereigns and his insolent treatment of the villagers are two aspects of the same thing: of an overweening pride by which one individual can venture to assert himself against the community. The Comendador is guilty of a crime against a village, but also of a crime against the State» (A. A. Parker, art. cit., pág. 145). Un poco más abajo añade: «The Key to this unity is to be found in the moral conceptions governing the presentation of the theme —so common in the Spanish literature of the later Golden Age— of the rebellion of the individual against the social order. Treason and rape are dramatically unified in *Fuenteovejuna* because they are morally akin— aspects of an individual will to social disorder» (págs. 146-147).

[73] G. W. Ribbans, art. cit.

[74] López Estrada, *Fuente Ovejuna. Dos comedias,* Madrid, Clásicos Castalia, 1973, 2.ª ed.

[75] J. M. Rozas, *Historia de la Literatura I,* Madrid, UNED, 1976, páginas 313-322.

[76] G. W. Ribbans, art. cit., pág. 109.

[77] *Ibíd.*

en el nivel político, la toma de Ciudad Real. Cuando el pueblo restablezca el orden en el primero y la Corona en el segundo, y se unan en el perdón final, se habrá reparado el problema para siempre[78]; luego es necesaria la alianza de la que hablaba Menéndez Pelayo entre pueblo y realeza[79].

Si en *Fuente Ovejuna* sólo existiese la acción principal, asistiríamos a un drama en el que los villanos, esclavizados por el tiránico poder de un comendador de Calatrava, buscan su libertad a través de la muerte del señor. El texto no entraría tanto en los esquemas políticos del siglo XVII, la Monarquía absoluta y teocéntrica, como en los más modernos de defensa de la libertad de los pueblos. Al introducir la segunda acción, se orienta también la primera hacia la defensa de los postulados políticos del seiscientos. En la segunda acción, el mismo Comendador involucra al Maestre de Calatrava para enfrentarse a los Reyes, apoderándose de Ciudad Real. Esclavizar al pueblo de Fuente Ovejuna es el aspecto social de una tiranía; oponerse al Rey en Ciudad Real es el aspecto político de la misma. Son las dos caras de la misma moneda: el tirano va contra el sistema. Los Reyes devolverán la armonía, restablecerán el orden al vencer a Calatrava en Ciudad Real, al tiempo que el pueblo, al matar al Comendador, restablece por su parte la paz en la villa. Reyes y pueblo unidos restituyen el orden.

Los gritos que se escuchan en la revuelta («Los Reyes, nuestros señores, vivan», «Vivan Fernando y Isabel, y mueran los traidores», «¡Viva el rey Fernando! ¡Mueran malos cristianos, y traidores!», etc.) muestran bien a las claras los intereses monárquicos de los villanos.

---

[78] J. Herrero, en su art. cit., escribe: «The triumph of monarchy means, then, the end of feudalism and also the triumph of the people, who find themselves integrated in a superior unity which, liberating them from the tyranny of feudalism, will bring them a new dawn, a new imperial glory, whose sun is monarchy, embodied in the royal couple which has created national unity» (pág. 184).

[79] M. Menéndez Pelayo, *Estudios sobre el teatro de Lope de Vega*, Madrid, CSIC, 1949, pág. 178.

En resumen, la doble acción confirma el carácter propagandístico del drama: fuera de los Reyes no hay salvación; su jurisdicción es sinónimo de paz, justicia, orden, concordia; con ellos quedan borrados los riesgos de injustas situaciones feudales.

II.2.3. La estructura de la comedia

El estudio de la estructura de la comedia ha revelado otros aspectos que no pueden silenciarse sin que la interpretación del texto quede incompleta. Y es que la historia que Lope ha dibujado se desarrolla no sólo en niveles socio-políticos, sino también metafísicos, imbricando lo uno en lo otro. Más todavía, el mensaje socio-político se desprende de lo metafísico. Las dos primeras escenas mayores, correspondientes respectivamente a la segunda y primera acción, versan una sobre la palabra *cortesía,* la otra sobre el *amor.* El desarrollo posterior de la historia es el desentrañamiento de los dos conceptos y, al avanzar la comedia, se va revelando su interdependencia, así como su conexión con los conceptos *armonía/desarmonía, orden/caos, aldea/corte.*

El análisis estructural lo inició Joaquín Casalduero en 1943 [80], quien descartó cualquier intención socio-política en la obra [81] e indagó su significado como una tragedia cristiana sobre el amor. El profesor A. A. Parker [82] continuó ese enfoque, demostrando que el tema es la rebelión del individuo contra el orden social. Otros estu-

[80] J. Casalduero, «Fuenteovejuna», en *Revista de Filología Hispánica,* V (1943), págs. 21-44; está incluido en sus *Estudios sobre el teatro español,* Madrid, Gredos, 1972, 3.ª ed., págs. 13-44, por donde citamos.

[81] Igual hipótesis defienden A. Almasov, *«Fuenteovejuna y el honor villanesco en el teatro de Lope de Vega»,* en *Cuadernos Hispanoamericanos,* 161-162 (1963), págs. 701-755, y López Estrada en su *«Fuente Ovejuna» en el teatro...,* pág. 12: «y no fue su intención política o social la clave que movió a Lope para escribir la tragicomedia.»

[82] A. A. Parker, art. cit.

dios se sucedieron sobre los diversos conceptos del amor
que se barajaban en la obra: los de G. W. Ribbans[83],
L. Spitzer[84], B. W. Wardropper[85], W. C. McCrary[86] y
Hesse[87]. Después del trabajo de Spitzer han investigado
el texto, a partir de las ideas platónicas sobre la
armonía, Soons[88] y Fiore[89]. Últimamente han aportado
nueva luz los estudios realizados, según la moderna me-
todología semiológica: Profeti[90], Valbuena-Briones[91] y
J. J. Carcía[92].

El análisis detallado de la estructura literaria, escena
por escena, esclarecerá el sentido total de la comedia.
Como la obra consta de dos acciones, tal vez sea lo más
eficaz el análisis de cada una de ellas por separado, tal
como hizo J. M. Rozas[93].

II.2.3a. Primer acto: primera acción

1) La primera acción se inicia en el verso 173 y llega
hasta el 444, con una discusión entre las villanas Lauren-

---

[83] G. W. Ribbans, art. cit.

[84] L. Spitzer, «Un tema central y su equivalente estructural en
Fuenteovejuna», en *Hispanic Review*, XXIII (1955), págs. 274-292;
también está reproducido en J. F. Gatti, *El teatro de Lope de Vega*,
Buenos Aires, Eudeba, 1962, págs. 124-147, por donde citaremos.
Analiza el aspecto platónico de la obra que se manifiesta a través de la
música.

[85] B. W. Wardropper, *«Fuente Ovejuna: El gusto* and *lo justo»*, en
Studies in Philology, LIII, 2 (1956), págs. 159-171.

[86] W. C. McCrary, *«Fuente Ovejuna:* Its Platonic Vision and Execution», en *Studies in Philology*, LVIII (1961), págs. 179-192.

[87] E. W. Hesse, art. cit.

[88] C. A. Soons, art. cit.

[89] R. Fiore, art. cit.

[90] M. G. Profeti, *Introducción* a su edición de *Fuente Ovejuna*,
Madrid, Cupsa, 1978.

[91] A. Valbuena-Briones, «Una perspectiva semiótica: *Fuente Ovejuna* de Lope de Vega», en *Arbor*, CV, 412 (1980), págs. 17-28.

[92] J. J. García, «Semiótica en *Peribañez y Fuenteovejuna*», comunicación leída en el *I Congreso Internacional sobre Lope de Vega y los
orígenes del teatro español*, celebrado en Madrid a primeros del mes
de julio de 1980.

[93] J. M. Rozas, *Historia de la Literatura*, ya citada en la nota 75.

cia y Pascuala acerca de los intentos seductores del Comendador, intentos que la primera rechaza con energía por no estar inspirados por el noble propósito de contraer matrimonio (vs. 189-192). El Comendador no siente por ella buen amor[94], sino apetito desordenado que huye de la relación armónica y perpetua, «que es sólo pasión, que dura lo que el contacto y luego se torna indiferencia u odio, repulsión al cabo»[95]. La lascivia, en la dramaturgia de Lope, no puede nunca ser amor:

> Que amor que pierde al honor
> el respeto, es vil deseo
> y siendo apetito feo,
> no puede llamarse amor.
> Amor se funda en querer
> lo que quiere quien desea;
> que amor que casto no sea,
> ni es amor ni puede ser[96].

Pascuala da por seguro que su amiga caerá en las manos del señor (vs. 189-192), señalando con sus palabras lo que será uno de los conflictos —el principal, según Casalduero[97]— de la comedia. Laurencia seguidamente rechaza la hipótesis de su amiga porque, según confiesa a partir del v. 217, prefiere los placeres de la aldea a los que puedan proporcionar los señores cortesanos. Se incluye así un segundo tema, que es la oposición corte/aldea, con el elogio de la vida sencilla del campo que adopta la consabida fórmula de *más precio... que*[98].

---

[94] No podía sentirlo de acuerdo con la concepción de la sociedad estratificada de la época: en el noble sólo podía despertarse el amor por una mujer de su mismo estado. Cfr. J. A. Maravall, *op. cit.*, páginas 57 y ss.

[95] López Estrada, *«Fuente Ovejuna» en el teatro...*, pág. 42.

[96] *El mejor alcalde, el rey,* vs. 895-902, citados por Ribbans, art. cit., pág. 96.

[97] «Éste es el conflicto de la obra: escapar de su mano; que la mujer consiga no caer en las asechanzas que le tiende el hombre: lo natural es ceder: lo extraordinario, la maravilla, es no dejarse coger por la pasión» (J. Casalduero, art. cit., pág. 18).

[98] Lope lo empleó también en *Peribáñez* y en la *Comedia de Bamba.* Véase M. G. Profeti, *op. cit.*, pág. XXIII.

Seguidamente se incorporan a la escena (vs. 275-444) tres labradores que discuten acerca de la naturaleza y condiciones del amor y presentan sus conclusiones a las muchachas para que dictaminen quién está en la verdad. El asunto se plantea al modo de la literatura pastoril, como una «cuestión de amor» con la que habitualmente se abren esos libros [99]. López Estrada ha señalado cómo los libros de pastores, con su visión platónica del mundo, sirven a Lope para montar una obra que versa sobre sucesos históricos. Los labradores de *Fuente Ovejuna* fluctúan entre los pastores literarios y los rústicos habitantes de una villa real, de modo que discuten sobre el amor, tema que no les compete desde un punto de vista de verosimilitud, pero sí les interesa como personajes literarios[100]. Antes de entrar en el tema, saludan a las villanas llamándolas inadecuadamente *damas* (v. 290) por seguir la moda, por «andar al uso», de forma que, al estilo cortesano, elevan la materia mediante términos embellecedores. En la corte, evidentemente, la palabra no coincide con la verdad. El parlamento es una pieza retórica sobre el tópico de la inversión de valores [101] que pronuncia Frondoso, en el marco del menosprecio de corte y alabanza de aldea. Laurencia, por su parte, continúa el tópico, pero a la inversa, esto es, de más a menos, lo cual significa depreciar los valores como se hace «allá en la ciudad». Mediante estos dos parlamentos se completa la oposición aldea/corte que antes habían iniciado las dos muchachas cuando estaban solas.

En resumen, la primera acción está trazada según el enfoque que opone corte a aldea en los términos tradi-

---

[99] Cfr. López Estrada, «Los villanos filósofos...», pág. 525 y ss., y en *«Fuente Ovejuna» en el teatro...*, págs. 23 y ss.

[100] «Its inhabitants [los de Fuente Ovejuna] are in many ways more like the swains of an eclogue than political beings, and their discussions about courtesy or about Plato's theory of love give them a certain unreality, the more so because Lope has invented as a contrast to them the "natural" peasant Mengo, the *gracioso* of the piece» (C. A. Soons, art. cit., pág. 340).

[101] Cfr. Profeti, *op. cit.,* pág. XXIII, nota 27.

cionales de idealización de la vida en el campo, como re-
ducto de la Edad de Oro y refugio de la autenticidad: en
la villa se da la pureza, la virtud, el amor casto, mientras
la ciudad se identifica con sensualidad, vicio y amor-
pasión [102].

En la discusión sobre el amor, Mengo defiende que sólo existe el natural, el egoísta (vs. 401-402 y 407-408), el
que busca la satisfacción de los apetitos, según la concepción aristotélica, mientras que Barrildo y Frondoso,
sobre todo el primero, sostienen que el amor es armonía
(vs. 379-381), según la concepción platónica, concierto
(v. 382), deseo de virtud (vs. 425-426); sin él, el mundo
no se podría mantener (vs. 369-370). Implícitamente se
están oponiendo a la actitud lasciva del Comendador.
(Hasta aquí la cuestión no traspasa los umbrales de lo
metafísico, pero más tarde, cuando la obra llegue al nudo, esa disparidad en las concepciones del amor tendrá
consecuencias socio-políticas.)

La orientación dada, pues, a la primera acción es
metafísica: los temas planteados son el amor, rectamente
ordenado, como fundamento de la armonía universal, y
el elogio de la vida aldeana. Esta escena es el plantea-
miento de la primera acción: en ella se nos pinta una
villa que no es del todo feliz porque un comendador lo
impide con su loco amor.

2) La segunda gran escena se desarrolla entre los versos 529 y 634. A la llegada del Comendador a Fuente
Ovejuna, el pueblo le tributa un homenaje con muestras
de respeto y de vasallaje —otra forma de amor, «el amor
de los vasallos», vs. 545-546 y 568—, le reciben con vivas
y cantos de bienvenida (vs. 529-544) [103], y le regalan pro-
ductos de la tierra y frutos de su trabajo.

---

102 Casalduero, art. cit., pág. 20.
103 «El motivo de la armonía musical del amor que fuera abiertamente mencionado en el acto primero, escena segunda, continuará durante toda la comedia en forma de delicadas alusiones dramáticas:
siempre que se ejecute *música* (o los *músicos* canten una canción), debemos inferir la presencia del motivo de *amor y armonía*» (L. Spitzer,

A continuación, el Comendador asalta a Pascuala y a Laurencia, e intenta que sus criados las introduzcan en su casa, con ánimo de forzar a la segunda. Surge así más claramente la discordia que constituye el nudo de esta primera acción. La armonía de la que se habló antes se rompe por la ausencia del amor-virtud.

3) Finalmente, entre los versos 723 y 859, tienen lugar los sucesos más graves de este primer acto, en el que queda establecido el triángulo amoroso habitual en las comedias de comendadores: un labrador, una villana y el señor de la villa. La secuencia se inicia con una escena de amor: Laurencia ha abandonado por unos momentos las prendas que lavaba en el río, para escuchar los requiebros amorosos de Frondoso, quien le manifiesta su amor, buen amor, pues se orienta hacia el matrimonio (vs. 755-757 y 771) y lamenta los desdenes de la mujer, quien, sin embargo, le ofrece cierta esperanza (vs. 772-774) y le indica que solicite su mano a su tío Juan Rojo. Estando en esto, aparece el Comendador que va de caza; el villano se oculta al instante. También Fernán Gómez solicita los favores de la muchacha, abandona la ballesta e intenta violarla —mal amor que sólo busca la unión sexual—. Frondoso toma la ballesta, se opone a su señor e impide la consumación del delito, pero no llega a disparar contra el Comendador.

El triángulo amoroso y el desenlace de esta primera acción está desarrollado: una pareja de villanos se enfrentan a un comendador. Como se indicó anteriormente, este primer acto es como *Peribáñez:* un conflicto particular sin dimensiones políticas todavía. La primera acción ha caracterizado a un mal comendador que come-

---

art. cit., pág. 128). Más adelante se añade: «Estos vivas y modulados sentimientos de lealtad (o amor) nos acompañarán a todo lo largo de la comedia —parecería que con ellos los conceptos de "amor" y "armonía musical", que fueron primitivamente puestos en contacto en la escena segunda del acto primero, tuvieran ahora expresión artística permanente, y que una superestructura musical se hubiera levantado ante la mente del espectador por encima del desarrollo de la intriga que tiene lugar en el escenario» (pág. 129).

te una serie de desmanes sociales —sentimentales— y que está, por tanto, traicionando su verdadera función.

II.2.3b.   Primer acto: segunda acción

La segunda acción, por su parte, también ha caracterizado a un mal comendador que se rebela a los Reyes y comete delitos políticos. Veámoslo en detalle.

1)   Se inicia en la primera tirada de versos: 1-172. El Comendador se ha desplazado a Almagro en donde espera entrevistarse con el Maestre de Calatrava. Ya en la espera se evidencia su gran defecto, la soberbia. Comenta la descortesía del joven Maestre que «conquistará poco amor» (v. 12), pues «es llave la cortesía / para abrir la voluntad» (vs. 13-14). La descortesía es, en cambio, llave del odio de todos: «Si supiese un descortés / cómo lo aborrecen todos, / y querrían de mil modos / poner la boca a sus pies, / antes que serlo ninguno, / se dejaría morir» (vs. 17-22), palabras que más tarde se confirmarán rigurosamente, pero en la propia figura del Comendador, lo mismo que lo que añade más abajo: la descortesía «es entre desiguales / linaje de tiranía» (vs. 28-29). A pesar de tan duras censuras al Maestre, cuando éste aparece en escena, se muestra discreto y cortés, presentando sus disculpas (vs. 41-44) por la espera a que ha obligado al Comendador. Éste le aconseja (vs. 69 a 140) optar, en el conflicto civil surgido con motivo de la sucesión a Enrique IV, por el bando del rey portugués Alfonso V el Africano, frente a Isabel la Católica, y apoderarse de Ciudad Real, una villa que depende directamente de los Reyes Católico. Y así se inicia su pecado político: se enfrenta a los monarcas. (Antes vimos el enfrentamiento a sus vasallos)[104].

2)   La siguiente escena tiene lugar en los versos 445-528: Flores, un criado del Comendador, relata la toma

---

[104] El tema de esta escena es, pues, la rebeldía, tal como señaló J. Casalduero, art. cit., pág. 17. Cfr. Ribbans, art. cit., pág. 92.

de Ciudad Real y el arrasamiento de la villa con más de dos mil soldados de la Orden de Calatrava. El ataque a una ciudad de los Reyes constituye la vertiente política del mal comportamiento de Fernán Gómez.

3) Finalmente, entre los versos 635 y 722, se desarrolla la oposición entre los Reyes y los calatravos, paralela a la de Frondoso-Laurencia frente al Comendador, y cuyo significado más tarde comentaremos. Los Reyes aparecen dialogando sobre el conflicto civil y dos regidores de Ciudad Real les ponen en antecedentes de lo ocurrido en su ciudad. El relato de los hechos hace especial mención de la responsabilidad del Comendador Fernán Gómez (vs. 680-682) en la toma de Ciudad Real y denuncia también la opresión a que tiene sometido al pueblo de Fuente Ovejuna: «Allí, con más libertad / de la que decir podemos, / tiene a los súbditos suyos / de todo contentos ajenos» (vs. 691-694). Unir los sucesos de Fuente Ovejuna a los de Ciudad Real significa que su carácter es idéntico: son las dos caras de una misma realidad, lo social en el primer caso, lo político en el segundo. Las dos acciones se unen en ese momento por primera vez.

Los Reyes deciden solucionar el problema de Ciudad Real por las armas, y envían con ese propósito a don Rodrigo Manrique, Maestre de Santiago y padre del poeta Jorge Manrique, y al Conde de Cabra con dos compañías de soldados.

La primera acción plantea, en el primer acto, un conflicto social, de índole particular, entre unos villanos y un comendador; la segunda acción, a su vez, un enfrentamiento estatal entre los Reyes y el Comendador y el Maestre, en conflicto político, aunque la responsabilidad del segundo está amortiguada por su juventud e inexperiencia. Las dos acciones apuntan a una misma dirección; son, repetimos, dos caras de una misma cuestión. Dos quebrantamientos del orden que exigen reparación.

II.2.3c. Segundo acto: primera acción

En el segundo acto se agudiza el enfrentamiento entre el Comendador y Fuente Ovejuna, pues se llega a una ruptura con gran parte del pueblo y no sólo con una pareja de enamorados.

1) La secuencia (vs. 860-1102) se inicia con un par de conversaciones intrascendentes acerca de los pronósticos de los astrólogos y sobre la imprenta. La reunión tiene como escenario la plaza de la villa y como participantes al alcalde, al regidor, a un estudiante y a unos labradores. Estos versos tienen como función no la de desviar simplemente la atención del espectador para alejarla de la acción principal, como escribió Casalduero [105], sino la de continuar el contraste iniciado en el primer acto entre la aldea y la corte y poner de manifiesto cómo la vida de los villanos se desarrolla ordenadamente, sin la menor agitación, mientras los nobles se encontraban en una guerra [106].

Aparece el Comendador que viene a exigir a Esteban la entrega de su hija Laurencia para satisfacer sus bajas pasiones, y sigue con dos afrentas verbales (vs. 967-970 y 995-996) en las que asegura la falta de honestidad de las mujeres de la villa. El Comendador aparece así identificado con el puro instinto [107]. Fernán Gómez se extraña

---

[105] J. Casalduero, art. cit., págs. 25-26.

[106] Ribbans, art. cit., pág. 99.

[107] Tal hecho exige la rebelión, según el profesor Casalduero: «El señor no puede ser, no debe ser el instinto; el hombre, la sociedad, tiene la voluntad de vencer a ese mal señor y reemplazarlo por el verdadero, por el Rey, por la augusta razón católica» (*op. cit.*, pág. 27). Participamos de esta misma idea, pero creemos que habría que añadir los otros aspectos que hemos comentado, como inductores de la revuelta. El Comendador infringe el aristocrático código ético, pero no sólo en lo que al sexo se refiere, sino también a las otras parcelas que ya comentamos anteriormente. No obstante, este hecho explica la selección que Lope hizo de la fuente, al quedarse sólo con la conducta sexual de Fernán Gómez.

de que los labradores se sientan deshonrados con sus palabras cuando, según confiesa, en la corte se honrarían de que un caballero de sus prendas se fijara en tales mujeres (vs. 1000-1004) —de nuevo la oposición corte/aldea—. El honor es concebido por el Comendador como patrimonio exclusivo de los nobles, ajeno por completo a las virtuosas acciones personales [108], por lo que acaba expulsando a los villanos de la plaza y concertando una serie de empresas eróticas.

2) A continuación, tiene lugar otra escena, ambientada en el campo, en la que aparecen Pascuala y Laurencia, acompañadas de Mengo (vs. 1137-1276); las dos muchachas van asustadas por las constantes amenazas de su señor. Mengo implora la justicia divina (vs. 1146-1147) para tales sucesos. Aparece Jacinta huyendo de los criados del Comendador, escapan las otras dos mujeres y, cuando llegan los agresores, Mengo defiende a su amiga con una honda. Es una escena paralela a aquella en la que Frondoso amenazó al Comendador con la ballesta. También en esta ocasión aparece el Comendador, a quien el gracioso solicita justicia, pero aquél, lejos de acceder a la solicitud, manda azotarlo y entrega a la muchacha a sus criados para que abusen de ella. Nuevamente se implora la justicia divina (vs. 1275-1276) y se escuchan las primeras amenazas (vs. 1251-1252) que presagian la reparación violenta.

3) Seguidamente tiene lugar una escena amorosa entre Laurencia y Frondoso (vs. 1277-1448), y se concierta la boda como algo exigido por toda la comunidad:

> FRONDOSO. Mira que *toda la villa*
> ya para en uno nos tiene;
> y de cómo a ser no viene,
> *la villa* se maravilla.

---

[108] Cfr. G. Correa, «El doble aspecto de la honra en el teatro del siglo XVII», en *Hispanic Review,* XXVI (1958), págs. 99-107. Sobre esta misma cuestión puede verse mi edición de *Peribáñez,* Madrid, Cátedra, 1979, págs. 21-29.

<pre>
                    Los desdeñosos extremos
                    deja, y responde no o sí.
       LAURENCIA.   Pues a la villa y a ti
                    respondo que lo seremos
                           (vs. 1297-1304)[109].
</pre>

Frondoso solicita a Esteban la mano de su hija, éste accede después de relatar los últimos delitos del Comendador (el rapto de Jacinta, los azotes de Mengo y la violación de la mujer de Pedro Redondo), en clarísimo contraste con el amor ordenado del joven labrador. Esteban y el regidor comentan los desmanes de Fernán Gómez unidos a los sucesos de Ciudad Real, con lo que se sitúan los hechos de la villa en el contexto político nacional, de modo que al empezar a unir las dos acciones se hace depender la solución de ambas de la intervención de los Reyes Católicos[110].

4) Más tarde, en los versos 1472-1651, se celebran las bodas, en medio de un ambiente festivo, con canciones[111] y bromas, pero que se interrumpen con la llegada del Comendador, que regresa derrotado de Ciudad Real, la detención subsiguiente de Frondoso y el rapto de Laurencia. Fernán Gómez condena enérgicamente el episodio de la ballesta y afirma que tan grave delito se ha hecho acreedor de un castigo ejemplar (vs. 1596-1606). El alcalde le censura su conducta y apela a los reyes (vs. 1619-1630), por lo cual es golpeado por su señor.

Todo el pueblo queda así afrentado en la figura de su alcalde, a quien le es arrebatada su vara de autoridad. El enfrentamiento del Comendador ha sobrepasado todas las fronteras de lo sufrible: primero fue con una pareja de villanos, luego con otros muchos, para hacerlo fi-

---

[109] Aquí y en los versos 728-730 y 735-742 basan su argumentación los que opinan que la rebelión colectiva obedece exclusivamente a motivos metafísicos.

[110] Ribbans, art. cit., pág. 105.

[111] L. Spitzer, art. cit.

nalmente con las autoridades del pueblo. Es todo Fuente Ovejuna, pueblo e instituciones, el deshonrado; la afrenta es colectiva.

II.2.3d. Segundo acto: segunda acción

De la segunda acción se incluyen dos secuencias en este acto.

1) La primera adopta la forma cronística o épica [112], y se desarrolla en los versos 1105-1136: la constituye el relato de Cimbranos de cómo Ciudad Real está amenazada por las tropas reales, por lo cual, el Comendador decide acudir allí para luchar contra don Rodrigo Manrique y el Conde de Cabra, lo cual tiene un interés extraordinario como delito político, pues se consagra la oposición al Rey, paralela a la consagración del enfrentamiento total a sus vasallos de Fuente Ovejuna.

2) Más tarde, en los versos 1449-1471 se escenifica la toma de Ciudad Real por las tropas reales y la derrota del Maestre y del Comendador, que se ven obligados a huir.

Con esto los Reyes han solucionado definitivamente el problema político al someter a los calatravos. El fracaso del Comendador «en la esfera política es del mismo orden que su fracaso en el mundo social de Fuente Ovejuna; así los dos temas se complementan e ilustran mutuamente» [113].

II.2.3e. Tercer acto: primera acción

1) La primera secuencia dramatiza la larga reunión (vs. 1652-1847) en la que todo el pueblo de Fuente Ovejuna analiza el estado de cosas y busca las soluciones al mismo. Esteban, el alcalde, expone cómo todos los villa-

---

[112] López Estrada, ed. de *Fuente Ovejuna,* pág. 18.
[113] Ribbans, art. cit., pág. 109.

nos se encuentran deshonrados (vs. 1666-1673) y afirma que sólo el Rey es señor y no los tiranos de Calatrava, para terminar invitando a la rebelión con la ayuda de Dios (vs. 1700-1703). Juan Rojo, por su parte, sugiere pedir remedio a los Reyes (vs. 1675-1679); el regidor es partidario de desamparar la villa (vs. 1684-1685), pero en vista de las especiales circunstancias en que se encuentran (riesgo de muerte para Laurencia y Frondoso y Reyes muy ocupados en guerras, vs. 1680-1683, deciden rebelarse contra los tiranos, así llamados repetidamente (vs. 1708-1711, 1808). Matarlos o morir como únicas alternativas (vs. 1697-1698) [114].

La llegada de Laurencia, que ha logrado escapar de la Casa de la Encomienda, excita los ánimos. La muchacha insulta a los hombres de Fuente Ovejuna y les reprocha su falta de coraje y de virilidad para rebelarse a los tiranos (v. 1776): todos reaccionan y se dirigen a la venganza. Laurencia reúne, por su parte, a las mujeres; nombran cabo a Jacinta y alférez a Pascuala y se suman a la rebelión.

2) La segunda escena, versos 1848-1919, la constituye la rebelión propiamente dicha. La compañía de hombres y muchachos asalta la Casa de la Encomienda, cuando los tiranos se disponían a colgar a Frondoso. Los vivas a los Reyes y los mueras a los tiranos se suceden ininterrumpidamente. El Comendador se ofrece a hablar con los rebeldes y les brinda reparación, pero ya es tarde; el «popular motín» (v. 1859), movido por amor (v. 1864) —aquí el amor es de carácter social—, es imparable. Matan al Comendador y a sus secuaces.

3) A continuación, entre los versos 2028 y 2124, vemos al pueblo de Fuente Ovejuna festejando la liberación con cantos a los Reyes y en contra de los tiranos muertos. En previsión de que la Corona intente investi-

---

114 Recuérdese lo dicho más arriba acerca de esta escena, en el epígrafe II.2.1, sobre el derecho de tiranicidio y el porqué de la adición de esta escena que no estaba en la *Chrónica* de Rades.

gar los hechos, acuerdan silenciar los nombres de los cabecillas y no confesar otro que el de Fuente Ovejuna.

4) En los versos 2161-2289 tienen lugar las escenas de tormento en las que el juez pesquisidor, enviado por los Reyes Católicos, pretende esclarecer las responsabilidades. Se tortura a todo el pueblo representado por un viejo (Esteban), por un niño, por una mujer (Pascuala), pero ninguno pronuncia un nombre distinto al de Fuente Ovejuna; finalmente, se da tormento al de mayor flaqueza, a Mengo, quien, a punto de confesar, contesta con un chiste: Fuente Ovejunica. Seguidamente el pueblo celebra la entereza del gracioso, mientras el juez decide abandonar el caso.

II.2.3f. Tercer acto: segunda acción

La segunda acción centrada en la toma de Ciudad Real había quedado prácticamente acabada, con su propio desenlace, en el segundo acto; sin embargo, en el tercero, tienen lugar varias escenas para redondearla y hacerla coincidir con la acción de Fuente Ovejuna, de modo que puedan potenciarse mutuamente e intensificar ese significado unitario que ya hemos comentado anteriormente.

1) En los versos 1920-2027 coinciden las referencias a la solución de la anomalía de Ciudad Real y a la de Fuente Ovejuna. Don Rodrigo Manrique comunica a los Reyes la liberación de Ciudad Real y, seguidamente, Flores, que ha logrado escapar de Fuente Ovejuna, narra la violenta muerte del Comendador. Las tropas reales han puesto fin al problema político, al tiempo que el pueblo ha solucionado el problema social. La simultaneidad indica identidad de los procesos.

2) En los versos 2125-2160 la acción se sitúa en Almagro y consiste en la notificación al Maestre de Calatrava de la rebelión de Fuente Ovejuna y de la muerte del Comendador. El Maestre reacciona con amenazas para con el pueblo, pero al enterarse de que los villanos se han dado al Rey, decide esperar la decisión de éste, al

tiempo que reflexiona sobre su propio error al haberse enfrentado al monarca. Parece como si hubiese un especial interés en hacer coincidir las punibles responsabilidades del pueblo con las del Maestre, y como conclusión se espera la sanción real.

3) La tercera escena la constituyen, los versos 2290-2345 en los que el Maestre visita a los Reyes para solicitar el perdón por sus actos en Ciudad Real, atribuyendo su error al mal aconsejamiento del Comendador muerto y a su propio «interés» (v. 2318). Para probar su fidelidad se ofrece para combatir en Granada.

4) A partir del verso 2358 y hasta el final, verso 2452, la segunda acción coincide con la primera. Se inicia con la llegada del juez que expone a los Reyes la inutilidad de sus gestiones, y continúa con la aparición del pueblo ante los monarcas, para exponer los delitos del Comendador —tiranía, robos en las haciendas, violaciones (vs. 2394-2401)—, y el alcalde Esteban solicita pasar a depender como vasallos directos de la Corona (vs. 2434-2437) y declara inocente al pueblo (vs. 2438-2441). El Rey, no obstante, juzga con severidad los hechos y perdona a Fuente Ovejuna ante la imposibilidad de esclarecer la verdad, pero deja bien claro que otro comendador en el futuro se hará cargo de la Encomienda.

De la estructura de la comedia se deduce que la obra no posee el sentido revolucionario que cierta crítica, especialmente la soviética[115], ha creído ver en ella, sino que es una obra conservadora, de propaganda de la Monarquía absolutista, tal como en el Seiscientos se la deseaba, aparte de otras motivaciones ya comentadas. Lope de Vega, con magnífica intuición y voluntad artística ha trazado un argumento en el que se insertan un suceso histórico, de interés popular, con el típico triángulo amoroso, y una segunda acción, de carácter político, en la que es el Rey quien sufre los excesos de los

---

[115] Z. Plavskin, *Lope de Vega,* Moscú-Leningrado, ed. Iskusstvo, 1961, y K. N. Derzhavin, *Tri ispánskie komédii*, Moscú-Leningrado, 1951.

calatravos, que en la primera oprimían a los villanos. El orden social establecido se rompe, en un caso por la torpe e injusta gestión de un comendador; en el otro, es el mismo Fernán Gómez quien inspira la toma de Ciudad Real y, con ello, da al traste con el orden político establecido. Pueblo, por una parte, y Corona, por otra, restituyen el orden; la unión del pueblo con la Monarquía es garantía, pues, de estabilidad.

Pero, por otra parte, no puede pensarse que la Orden de Calatrava como institución salga mal parada en la obra, sino la figura concreta de un comendador, Fernán Gómez, porque ha abusado de su autoridad y se ha entregado a vicios[116]. La actitud del Rey al final de la obra, aspecto en el que Lope difiere notablemente de la fuente, pone de manifiesto que la comedia no rechaza el sistema. El Rey promete esperar

> hasta ver si acaso sale
> comendador que la herede
> (vs. 2448-2449).

Lo mismo vino a decir la Reina unos versos más arriba, cuando aseguró al Maestre:

> Yo confieso que he de ver
> el cargo en vuestro poder,
> si me lo concede Dios
> (vs. 2355-2357).

Lope de Vega, por tanto, ha trazado una historia ocurrida en el siglo XV, según la concepción filosófica del mundo imperante en el Seiscientos. El engranaje social funciona siempre que exista armonía entre sus partes

---

[116] «Los villanos, al defender su honor familiar, defienden en realidad este orden feudal, con sus rígidos límites entre los estados sociales. En consecuencia, no ven en los señores a sus enemigos de clase, ni los atacan por ser ellos aristócratas, sino por haber faltado a las obligaciones que les imponía la ética feudal, en primer lugar, la de proteger el honor de sus vasallos» (A. Almasov, art. cit., pág. 737).

(cortesía, amor), pero entra en crisis en el momento en que se rompa aquélla y se origine el caos, haciéndose imprescindible la restitución del orden mediante la supresión del elemento desestabilizador. En un punto concreto del país, en Fuente Ovejuna, la autoridad establecida está perdiendo su legitimidad por traicionar el modelo de conducta al que tiene que responder. Existe un conflicto socio-político originado en otro amoroso, pero que no se queda simplemente en este último como algunos comentaristas pretenden. El Comendador es un tirano, como ya se comentó ampliamente más arriba, que arrasa las cosechas, tal como el pueblo aduce en dos ocasiones: la primera, en la reunión en la que deciden darle muerte («Las casas y las viñas nos abrasan; / tiranos son. ¡A la venganza vamos!») y que es en donde se pone en movimiento la rebelión; la segunda, cuando dan cuenta a los Reyes de los sucesos de su villa («La sobrada tiranía / y el insufrible rigor / del muerto Comendador, / que mil insultos hacía, / fue el autor de tanto daño. / Las haciendas nos robaba / y las doncellas forzaba, / siendo de piedad extraño»). Pero todo tuvo su arranque en un conflicto amoroso. El amor debe orientarse hacia la consecución del ser amado, en cuerpo y alma, en un todo armónico, tal como es el de Laurencia y Frondoso. Tiene que ser sacralizado por el matrimonio que dote a la relación de estabilidad y permanencia. El amor lo genera el ansia de poseer la virtud del ser amado. El amor de la pareja terminará, pues, en boda y simboliza el amor platónico que, rectamente ordenado, irradia armonía y orden. Frente a él, el mal amor, el lascivo, lo encarna el Comendador, con un desordenado apetito de carne exclusivamente, que busca uniones fugaces sin ningún tipo de compromiso ni la menor intención de permanencia [117]. Esta actitud genera la desarmonía social y política; la agresión a un individuo se torna social y afecta a lo nacional. Hay que extirparlo y destruirlo para que vuelva la armonía: y a eso responde la rebelión

---

[117] HORST, art. cit., págs. 309 y ss.

popular que no es intento revolucionario de subvertir el orden o modificar el sistema, sino de restituirlo y mantenerlo. La conducta del Comendador se torna insolidaria y tiránica («Llaman la descortesía / necedad en los iguales, / porque es entre desiguales / linaje de tiranía», vs. 25-29) en la primera acción.

La colectividad, depositaria del derecho de resistencia cuando la autoridad haya perdido su legitimidad, hace uso de aquél y restablece el orden. El Comendador se ha convertido en tirano por cultivar un amor lascivo, por supuesto, pero también por robar las cosechas de sus vasallos, atropellar sus instituciones y afrentar a sus autoridades, en la primera acción intrahistórica, y quebrantar el orden político al inspirar la toma de Ciudad Real en contra del Rey, en la segunda acción de carácter histórico. El Comendador es un elemento desestabilizador, por lo que merece ser eliminado; sólo así vendrá nuevamente la armonía.

Lope de Vega ha planteado el tema según las categorías mentales de la época, y en ellas lo socio-político está imbricado en lo metafísico. Negar cualquiera de esos dos componentes es amputar, creemos, el significado de Fuente Ovejuna.

II.2.4. La fecha de composición

Ignoramos la fecha exacta en que Lope de Vega compuso su comedia y sólo un dato seguro poseemos: en el *Peregrino en su patria* el Fénix facilitó una relación de sus obras sin que, en la edición de 1604, apareciera citada su *Fuente Ovejuna*, cosa que ocurre en la de 1618, de modo que entre una y otra fecha tuvo que ser escrita.

Morley y Bruerton [118] han podido fecharla, de acuerdo con el criterio métrico, en el período que va desde 1611

---

[118] S. Griswold Morley y C. Bruerton, *Cronología de las comedias de Lope de Vega,* Madrid, Gredos, 1968, págs. 330-331.

a 1618, dando como más probable el de 1612-1614. J. Robles Pazos aboga precisamente por 1613[119]. Su argumentación se basa en los contactos que guarda la obra de Lope con *La Santa Juana,* de Tirso de Molina, la cual fue escrita a finales de 1613 o principios de 1614, y que según este estudioso se hizo a imitación de la de Lope, pues coinciden asuntos (el Comendador, que es recibido con regocijo por los aldeanos de Cubas, con sus abusos de autoridad y su despotismo —no faltan las violaciones sexuales—, provoca la preparación de una rebelión que no se llega a producir porque muere oportunamente la autoridad), nombres (Mengo y Pascuala), parlamentos, etc. El propio S. Griswold Morley[120] volvió a estudiar el tema —los contactos entre la obra de Lope, la de Tirso y otras comedias— y concluyó que pudo haber influencia inversa de la de Tirso sobre *Fuente Ovejuna*[121]. El profesor Anibal propuso, por su parte, la fecha de 1615 a 1618[122], de acuerdo también con los contactos entre *Fuente Ovejuna* y otras obras. Como se ve, de momento la obra no es datable con precisión, aunque sabemos que pertenece a la época de madurez del Fénix.

II.2.5.   La métrica de *Fuente Ovejuna*

Seguidamente facilitamos el examen métrico de la comedia. En la obra predominan los versos octosílabos, ordenados en romances (27,5 por 100) y redondillas (58 por 100), lo cual indica la convivencia de lo épico-narrativo con la relación amorosa como componentes

---

[119] «Mientras no se demuestre lo contrario, creo que la fecha de *Fuente Ovejuna* debe fijarse hacia 1613, si no en ese mismo año.» Cfr. J. Robles Pazos, «Sobre la fecha de *Fuente Ovejuna*», en *Modern Language Notes,* L (1935), pág. 182.

[120] *«Fuente Ovejuna* and its Theme-Parallels», en *Hispanic Review,* IV (1936), págs. 303-311.

[121] Por tanto, Morley concluyó: «It is best to class *Fuente Ovejuna* for the present as not datable.»

[122] Anibal, art. cit., pág. 667.

predominantes[123], mientras que los endecasílabos, característicos de la primera época de Lope, son muy escasos.

ACTO I

Vs.	1-68	redondillas	68 versos
Vs.	69-140	romance	72 versos
Vs.	141-456	redondillas	316 versos
Vs.	457-528	romance	72 versos
Vs.	529-544	romancillo	16 versos
Vs.	545-574	tercetos	30 versos
Vs.	575-578	serventesio de cierre	4 versos
Vs.	579-590	redondillas	12 versos
Vs.	591-594	romancillo	4 versos
Vs.	595-654	redondillas	60 versos
Vs.	655-698	romance	44 versos
Vs.	699-722	redondillas	24 versos
Vs.	723-859	romance	137 versos

ACTO II

Vs.	860-938	octavas reales	79 versos
Vs.	939-1102	redondillas	164 versos
Vs.	1103-1136	romance	34 versos
Vs.	1137-1448	redondillas	312 versos
Vs.	1449-1471	endecasílabos sueltos	23 versos
Vs.	1472-1474	coplilla de estribillo	3 versos
Vs.	1475-1502	redondillas	28 versos
Vs.	1503-1509	copla	7 versos
Vs.	1510-1545	redondillas	36 versos
Vs.	1546-1569	romance con dos seguidillas de estribillo	24 versos
Vs.	1570-1651	romance	82 versos

ACTO III

Vs.	1652-1711	tercetos	60 versos
Vs.	1712-1847	romance	136 versos

---

[123] J. Casalduero, art. cit.

Vs. 1848-1919	octavas reales	72 versos
Vs. 1920-1947	redondillas	28 versos
Vs. 1948-2027	romance	80 versos
Vs. 2028-2030	coplilla de estribillo	3 versos
Vs. 2031-2034	redondilla	4 versos
Vs. 2035-2042	copla	8 versos
Vs. 2043-2046	redondilla	4 versos
Vs. 2047-2053	copla	7 versos
Vs. 2054-2056	coplilla de estribillo	3 versos
Vs. 2057-2060	redondilla	4 versos
Vs. 2061-2067	copla	7 versos
Vs. 2068	verso de cierre	1 verso
Vs. 2069-2160	redondillas	92 versos
Vs. 2161-2174	soneto	14 versos
Vs. 2175-2453	redondillas	280 versos

III. Nuestra edición

Fuente Ovejuna se publicó por primera vez en el volumen titulado *Dozena Parte* de las Comedias de Lope de Vega, en 1619[124], por la viuda de Alonso Martín[125]. De dicha edición se conservan ejemplares cuya portada consta de un emblema con el centauro Sagitario y la leyenda *Salvbris sagitta a Deo Missa,* justamente el mismo que ilustra las *Partes* XI y XIII, y a los que Anibal dio el nombre de B[126]. Sin embargo, otros ejemplares de la misma *Dozena Parte*, con idénticos preliminares[127], se imprimieron en el

---

[124] El libro fue estudiado rigurosamente por C. E. Anibal, «Lope de Vega's *Dozena Parte*», en *Modern Language Notes,* XLVII (1932), páginas 1-7.

[125] Con *Fuente Ovejuna* forman el volumen las obras tituladas *Ello dirá, La sortija del olvido, Los enemigos en casa, La cortesía de España, Al pasar del arroyo, Los hidalgos del aldea, El Marqués de Mantua, Las flores de don Juan y rico y pobre trocados, Lo que hay que fiar en el mundo, La firmeza en la desdicha* y *La desdichada Estefanía.*

[126] De la versión B, se conservan ejemplares en la Biblioteca Nacional de Madrid (R/13.863) y en el British Museum (11726.k.18).

[127] Fe de erratas (Madrid, 14 de diciembre de 1618) firmada por el licenciado Murcia de la Llana; tasa (Madrid, 22 de diciembre de 1618) por Diego González de Villarroel; aprobación (Madrid, 15 de agosto

mismo taller pero con portada distinta, constituida por el escudo de los Cárdenas, en el que figuran dos lobos. En estos ejemplares se contienen ciertas diferencias con respecto a los anteriores, nada relevantes por otra parte. Anibal les dio el nombre de A. Sin embargo, no todos los volúmenes que se conservan de la edición de A coinciden en sus textos, de modo que hay que distinguir, a su vez, entre una versión A_1[128] y otra A_2[129], cuyas diferencias estudiaremos seguidamente.

Existen, finalmente, dos versiones manuscritas: una la de Lord Ilchester, que parece una copia realizada sobre la edición A[130], y otra conservada en la Biblioteca Palatina de Parma, que parece copia de la edición A_1, según la profesora Profeti[131]; ninguno de los manuscritos ha sido tenido en cuenta en esta edición, dado que según los expertos que los han estudiado son copias de las ediciones de 1619, con sólo alguna variante que corrompe el texto en lugar de mejorarlo. Para esta edición se han tenido en cuenta los textos A_1 (según el ejemplar conservado en la Biblioteca Nacional de Madrid (R/14.105), A_2 (también conservado en la Biblioteca Nacional de Madrid R/24.983) y B (según el volumen conservado en la Biblioteca Nacional de Madrid, R/13.863), y a pie de página indico las distintas variantes, justificando la selección en cada caso.

La versión B contiene las siguientes peculiaridades:

---

de 1618) por Vicente Espinel; suma del privilegio (San Lorenzo del Escorial, 6 de octubre de 1618); dedicatoria y versos a don Lorenzo Cárdenas y proloquillo de «El Teatro» al lector.

[128] De la versión A_1 se conservan, entre otros, los siguientes ejemplares: Biblioteca Nacional de Madrid (R/14.105) —por el cual citamos en esta edición—, Bristish Museum (1072.i.12), Biblioteca Nacional de París (Yg 282, 16.º Yg 767 y 8.º Yg 1308).

[129] De la versión A_2 se conservan, entre otros, ejemplares en el British Museum con la signatura 1072.I.9 y en la Biblioteca Nacional de Madrid, signatura R/24.983, por la cual citamos en esta edición.

[130] Anibal, «Lope de Vega's *Dozena Parte*», ya citado, pág. 6, nota 17. Véase también W. L. Fichter, «A manuscript copy of the lost autograph of Lope de Vega's *Al pasar del arroyo*», en *Hispanic Review,* III (1935), pág. 208.

[131] Profeti, ed. cit., pág. XLVI, nota 56.

1) No omite el verso 1490, hecho que ocurre en las versiones A_1 y A_2.
2) Está libre de ciertas erratas que se dan en A_1 y A_2: versos 758, 776 y 1547[132].
3) Otras diferencias que presenta frente a A_1 y A_2 son simplemente en el uso de grafías: vs. 133, 137, 156, 372, 561, 621, 723, 924 y 1096.
4) Contiene algunas erratas inexistentes en A_1 y A_2, lo cual la hace peor edición, en los vs. 260, 285, 630, 634, 750, 929, 930, 938, 1138, 1472, 1514, 1607, 1639, 1694, 1737, 1773, 1873, 2125 y 2331.
5) Finalmente, presenta otras variantes, sin demasiado relieve, en los vs. 18, 529 y 1021.

La versión A_1 tiene, a su vez, una serie de particularidades que la diferencian de A_2 y de B, pero curiosamente se dan casi todas ellas en los folios 265 y 266: están en los versos 468, 479, 480, 493, 542 y 608[133]. En común con A_2 presenta diferencias con relación al texto B: vs. 18, 133, 137, 156, 260, 285, 372, 413, acotación anterior al verso 529, 561, 621, 630, 634, 723, 750, 758, 776, 924, 929, 930, 938, 1021, 1096, 1138, acotación anterior al verso 1472, 1490, 1514, 1547, 1607, 1639, 1694, 1737, 1773, 1873, acotación anterior al verso 2125 y 2331. No deja de ser curioso que, aparte de presentar A_1 y A_2 esas variantes frente a B, contengan una serie de errores debidos a la imprenta (separación incorrecta de sílabas y de letras, letras bailadas, rotas o semiimpresas, etc.), lo que induce a pensar que fueron las mismas planchas las que sirvieron para la edición A_1 y A_2, por lo menos en los vs. 345, 666, 803, 951, 989, 1023 y 1505. (La relación podría ampliarse notoriamente. Sólo cito estos casos para ejemplificar lo que digo). Por último, A_1 presenta ciertas variantes comunes a B, e inexistentes en A_2: versos 8 y 472.

---

[132] Véanse las notas a estos versos.
[133] El v. 913 tal vez pudiera añadirse a esta relación, pues en A_1 se lee *Gutemberga*, mientras que en A_2 parece decir *Cutemberga*, como en B.

A_2 se individualiza frente a A_1 y a B por dos erratas: la del verso 8 *(sabra)* y la del verso 472 *(braçateles)*.

Para nuestra edición hemos tenido en cuenta las tres versiones, y dejamos constancia oportunamente en las notas de las distintas variantes, así como de la justificación en cada caso de la seleccionada. También hemos tenido presentes las ediciones modernas.

La edición de Hartzenbusch (1857) es la primera de las modernas e introdujo no pocas lecturas erróneas o desafortunadas. Menéndez Pelayo la utilizó para la suya, publicada por la Real Academia (1899).

Mayor rigor presenta la de A. Castro (1919), que sirvió para la de Henríquez Ureña (1966) y Entrambasaguas (1969).

Hasta hace unos años fue de mucho uso la de García de la Santa (1951), que está llena de erratas y falsas lecturas[134], de la cual se sirvió García Pavón (1965), como lo demuestra la presencia de la mayoría de los mismos errores.

Las mejores ediciones son las de López Estrada (1969) y la de M. G. Profeti (1978). La primera es enormemente escrupulosa (salvo que no hace constar las distintas versiones de A_1 y A_2), con modificaciones plausibles, y con muy pocas erratas[135]. La de M. G. Profeti se ha servido de B y de las dos versiones de A, aunque introduce más errores que la de López Estrada[136].

---

[134] Le faltan los versos 115, 938, 2194, 2198, 2254 y parte del 437; además comete errores en los versos 49, 255, 313, 350, 467, 520, 566, 604, 683, 710, 735, 790, 821, 861, 873, 894, 912, 913, 922, 934, 955, 961, 964, 1022, 1078, 1107, 1144, 1179, 1193, 1312, 1455, 1460, 1482, 1518, 1526, 1531, 1560, 1566, 1572, 1584, 1605, 1631, 1664, 1713, 1757, 1785, 1829, 1830, 1851, 1854, 1862, 1921, 1923, 1937, 1955, 1975, 1988, 2040, 2049, 2111, 2140, 2151, 2153, 2175, 2184, 2190, 2241, 2248, 2257, 2264, 2267, 2314, 2322, 2340, 2370, 2375 y 2416.

[135] En las notas de esta edición se irán anotando oportunamente. Las erratas ocurren en los versos 431, 938, 989, 1516, 1542, 1687, 1837, 2233, 2235 y 2269.

[136] Tiene erratas en los versos 35, 112, 255, 463, 662, 698, 816, 968, 1228, 1664, 1895, 2111, 2161, 2248, 2254 y 2269; en las notas a los versos 1517 y 2296, así como en la acotación anterior al verso 1920.

Respecto a las grafías y a los signos de puntuación, en esta edición nos hemos permitido modernizarlas de acuerdo con las normas actuales. Así el signo *v* para representar la *u* ha sido desplazado por éste; la *u* para *v* o *b* ha sido sustituida por cada una de éstas según convenía en cada caso; la *i* para *j* ha sido reemplazada por *j;* la *y* para *i* ha sido desplazada por *i;* la grafía *qu* la hemos cambiado por *cu.* Se ha normalizado el empleo de *b, v, h, x* (donde escribían *s*), *j* (donde usaban *g*), según las normas actuales. Sólo mantenemos la grafía original en los signos *ç, z, c, x* (*/j, g*), *s/ss;* también mantenemos los contractos *dellos, destos* y semejantes.

Por último, queremos advertir que las notas que acompañan el texto recogen tanto las distintas variantes de las ediciones de 1619 como de las modernas más importantes. Otras pretenden ayudar al lector no familiarizado con la lengua y cultura barrocas para procurarle una lectura lo más rica posible. Y existen, finalmente, otras que intentan esclarecer el significado literario de algunos versos de acuerdo con el sentido general de la comedia.

Bibliografía selecta

I. PRINCIPALES EDICIONES MODERNAS DE *FUENTE OVEJUNA*.

Comedias escogidas de Frey Lope Félix de Vega Carpio, edición de J. E. Hartzenbusch, Madrid, BAE, vol. XLI. 1857, págs. 633-650.

Obras de Lope de Vega, ed. de M. Menéndez Pelayo, Madrid, 1899, vol. X, págs. 531-561.

Lope de Vega, Fuente Ovejuna, ed. de A. Castro, Madrid, Espasa-Calpe, Colección Universal, 1919.

Lope de Vega, Fuenteovejuna, ed. de J. N. Urgoiti, Madrid, Diana, 1935.

Lope de Vega, Fuente Ovejuna, en *Diez comedias del Siglo de Oro,* ed. de H. Alpern y J. Martel, Nueva York, 1939.

Lope de Vega, Fuente Ovejuna, El mejor alcalde el rey, La Estrella de Sevilla, Peribáñez y el Comendador de Ocaña, ed. de Sáinz de Robles, Madrid, Aguilar, 1942.

Lope de Vega, Fuenteovejuna, ed. de W. Smith Mitchell, Londres, G. Bell and Sons, 1948.

Lope de Vega, Fuente Ovejuna, Peribáñez y el Comendador de Ocaña, La dama boba, ed. de G. de Torre, Barcelona, Éxito, 1951.

Lope de Vega, Fuenteovejuna, ed. de T. García de la Santa, Zaragoza, Ebro, 1951.

Lope de Vega, Fuente Ovejuna, ed. de A. A. Dasso, Buenos Aires, 1951.

Lope de Vega, Fuenteovejuna, ed. de E. Kohler, Strasbourg, P. H. Heitz, 1952.

Lope de Vega, Fuente Ovejuna, El mejor alcalde el rey, ed. de C. Bunster, Santiago, Ed. Universitaria, 1955.

Lope de Vega, Fuente Ovejuna, La dama boba, Arauco domado y Los pastores de Belén, ed. de C. Rivas Xerif, México, Ed. Ateneo, 1961.

73

Lope de Vega, Fuenteovejuna, Peribáñez, El mejor alcalde el rey, El caballero de Olmedo, ed. de J. M. Lope Blanch, México, Porrúa, 1962.

Lope de Vega, Fuente Ovejuna, ed. de B. E. Perrone, Buenos Aires, Ed. Huemul, 1963.

Lope de Vega, Fuente Ovejuna y Peribáñez y el Comendador de Ocaña, ed. de F. García Pavón, Madrid, Taurus, 1965.

Lope de Vega, Fuenteovejuna, Peribáñez y el Comendador de Ocaña, El mejor alcalde el rey, ed. de P. Henríquez Ureña, Buenos Aires, Losada, 1966.

Lope de Vega, Fuente Ovejuna, ed. de G. Molina de Cogorno, Buenos Aires, Plus Ultra, 1967.

Lope de Vega, Fuente Ovejuna, ed. de F. López Estrada, Madrid, Cl. Castalia, 1969.

Lope de Vega, Fuente Ovejuna y El Caballero de Olmedo, ed. de J. de Entrambasaguas, Madrid, Biblioteca Básica Salvat, 1969.

Lope de Vega, Fuente Ovejuna, Peribáñez y el Comendador de Ocaña, La dama boba, El caballero de Olmedo, ed. de A. Isasi Angulo, Barcelona, Bruguera, 1970.

Lope de Vega, Fuenteovejuna, ed. de M. P. Bueno Faro, Barcelona, Gasso, 1970.

Lope de Vega, Fuente Ovejuna, El mejor alcalde el rey, ed. de L. Nieto Jiménez, Madrid, Novelas y Cuentos, 1972.

Lope de Vega, Fuenteovejuna y El villano en su rincón, ed. de J. Alcina Franch, Barcelona, Juventud, 1974.

Lope de Vega, Fuente Ovejuna, ed. de M. G. Profeti, Madrid, Cupsa, 1978.

II. ESTUDIOS PRINCIPALES SOBRE
    FUENTE OVEJUNA

AGUILERA, M., «Membranza de Fuenteovejuna en el cabildo Tunjano», en *Repertorio boyacense,* LI (1965), páginas 2219-2229.

ALMASOV, A., «*Fuenteovejuna* y el honor villanesco en el teatro de Lope de Vega», en *Cuadernos Hispanoamericanos,* 161-162 (1963), págs. 701-755.

ALONSO, D., «*Fuenteovejuna* y la tragedia popular», en *Del Siglo de Oro a este siglo de siglas,* Madrid, Gredos, 1962, páginas 90-94.

ANGULO, A. C. I., «Carácter conservador del teatro de Lope de Vega», en *Nueva Revista de Filología Hispánica,* XXII (1973), págs. 265-279.

ANIBAL, C. E., «The Historical Elements of Lope de Vega's *Fuenteovejuna*», en *P.M.L.A.,* XLIX, 3 (1934), págs. 657-718.

BARBERA, R. E., «An Instance of Medieval Iconography in *Fuenteovejuna*», en *Romance Notes,* X (1968), págs. 160-162.

CALLE ITURRINO, E., *Lope de Vega y Clave de Funteovejuna,* Bilbao, Dochao, 1938.

CARDENAL IRACHETA, M., «Fuenteovejuna», en *Clavileño,* II, 11 (1951), págs. 20-26.

CASALDUERO, J., «Fuenteovejuna», en *Revista de Filología Hispánica,* V (1943), págs. 21-44; se ha incluido en su libro *Estudios sobre el teatro español,* Madrid, Gredos, 1972, páginas 13-44.

DARST, D. H., «The Awareness of Higher Authority in *Fuenteovejuna*», en *O.F.,* 1976, págs. 143-149.

FIORE, R., «Natural Law in the central ideological theme of *Fuenteovejuna*», en *Hispania,* XLIX (1966), págs. 75-80.

FORASTIERI BRASCHI, E., «*Fuenteovejuna* y la justificación», en *Revista de Estudios Hispánicos,* II, 1-4 (1972), páginas 89-99.

GARCÍA AGUILERA, R., y HERNÁNDEZ OSSORNO, M., *Revuelta y litigios de los villanos de la Encomienda de Fuenteobejuna,* Madrid, Editora Nacional, 1975.

GÉRARD, A. S., «Self-Love in Lope de Vega's *Fuenteovejuna* and Corneille's *Tite et Bérenice*», en *Australian Journal of French Studies,* IV (1967), págs. 177-197.

GÓMEZ-MORIANA, A., *Derecho de resistencia y tiranicidio. Estudio de una temática en las «Comedias» de Lope de Vega,* Santiago de Compostela, Porto y Cía, 1968, especialmente las págs. 65-85.

GONZÁLEZ MORALES, M., «*Fuenteovejuna.* Examen crítico del drama», en *Guía,* 218 (1945), págs. 10-12.

HALL, J. B., «Theme and Structure in Lope's *Fuenteovejuna*», en *Forum for Modern Language Studies,* X (1974), páginas 57-66.

HERRERO, J., «The New Monarchy: A Structural Reinterpretation of *Fuenteovejuna*», en *Revista Hispánica Moderna,* XXXVI, 4 (1970-1971), págs. 173-185.

HESSE, E. W., «Los conceptos del amor en *Fuenteovejuna*», en *Revista de Archivos, Bibliotecas y Museos,* LXXV (1968-1972), págs. 305-323.

HODGE, F., «*Fuente Ovejuna* on the America Stage», en *Texas Quarterly,* VI (1963), págs. 204-213.

HOOCK, V., *Lope de Vegas «Fuente Ovejuna» als Kunstwerk,* Würzburg, 1963.

KIRSCHNER, T. J., «El protagonista colectivo en *Fuenteovejuna* de Lope de Vega», Unpublished Ph. D. dissertation, University of Chicago, 1973. También publicado en Salamanca, 1979.

KIRSCHNER, T. J., «Sobrevivencia de una comedia: Historia de la difusión de *Fuenteovejuna»,* en *R.C.E.H.,* I (1977), págs. 255-271.

KIRSCHNER, T. J., «Evolución de la crítica de *Fuenteovejuna,* de Lope de Vega, en el siglo XX», en *Cuadernos Hispano-americanos,* 320-321, págs. 450-465.

LÓPEZ ESTRADA, F., *«Fuente Ovejuna» en el teatro de Lope y de Monroy. (Consideración crítica de ambas obras),* Sevilla, 1965.

LÓPEZ ESTRADA, F., «Los villanos filósofos y políticos. (La configuración de *Fuente Ovejuna* a través de los nombres y "apellidos")», en *Cuadernos Hispanoamericanos,* 238-240 (1969), págs. 518-542.

LÓPEZ ESTRADA, F., «La Canción "Al val de Fuente Ovejuna" de la comedia *Fuente Ovejuna»,* en *Homenaje a William L. Fichter,* Madrid, Castalia, 1971, págs. 453-468.

MAC DONALD, I. I., «An Interpretation of *Fuente Ovejuna»,* en *Babel,* I (1940), págs. 51-61.

MADRIGAL, J. A., *«Fuenteovejuna* y los conceptos de Metateatro y Psicodrama: un ensayo sobre la formación de la conciencia en el protagonista», en *Bulletin of the Comediantes,* 31 (1979), págs. 15-23.

McCRARY, W. C., *«Fuenteovejuna:* Its Platonic Vision and Execution», en *Studies in Philology,* LVIII, 2 (1961), páginas 179-192.

MENÉNDEZ PELAYO, M., *Estudios sobre el teatro de Lope de Vega,* Madrid, CSIC, 1949, págs. 171-182.

MERCADIER, G., *«Fuenteovejuna,* un mauvais drame?», en *Les Langues Neo-Latines,* LVIII, núm. 168 (1964), págs. 9-30.

MOIR, D. W., «Lope de Vega's *Fuenteovejuna* and the *Emblemas Morales* of Šebastián de Covarrubias Horozco (with a few remarks on *El villano en su rincón)»,* en *Homenaje a William L. Fichter,* Madrid, Castalia, 1971, págs. 537-546.

MORLEY, S. G., *«Fuente Ovejuna* and its Theme-Parallels», en *Hispanic Review,* IV, 4 (1936), págs. 303-311.

PARKER, A. A., «Reflections on a new definition of "Baroque"

Drama», en *Bulletin of Hispanic Studies,* XXX (1953), páginas 142-151.

PRING-MILL, R. D. F., «Sententiousness in *Fuente Ovejuna*», en *Tulane Drama Review,* VII, 1 (1962), págs. 5-37.

QUISSAC, J., «Actualité du théâtre du Siècle d'Or», en *Revue des sciences politiques,* 17 (1966), págs. 69-74.

RAMÍREZ DE ARELLANO, R., «Rebelión de Fuente Obejuna contra el Comendador Mayor de Calatrava Fernán Gómez de Guzmán (1476)», en *Boletín de la Real Academia de la Historia,* XXXIX (1901), págs. 446-512.

RIBBANS, G. W., «Significado y estructura de *Fuenteovejuna*», en *Bulletin of Hispanic Studies,* XXXI (1954), págs. 150-170; también reproducido en J. F. Gatti, *El teatro de Lope de Vega,* Buenos Aires, Eudeba, 1962, págs. 91-123.

RIVERS, E. L., «Lope and Cervantes Once More», en *Kentucky Romance Quarterly,* XIV (1967), págs. 112-119.

ROATEN, D., «Wölfflin's Principles Applied to Lope's *Fuenteovejuna*», en *Bulletin of the Comediantes,* IV, 1 (1952), páginas 1-4.

ROBLES PAZOS, J., «Sobre la fecha de *Fuente Ovejuna*», en *Modern Language Notes,* L (1935), págs. 179-182.

ROZAS, J. M., *Historia de la literatura I,* Madrid, UNED, 1976, págs. 179-180 y 313-322.

RUBENS, E. F., «Fuenteovejuna», en *Lope de Vega: Estudios reunidos en conmemoración del IV centenario de su nacimiento,* La Plata, Universidad Nacional de la Plata, 1963, páginas 135-148.

SALOMON, N., *Recherches sur le thème paysan dans la «comedia» au temps de Lope de Vega,* Burdeos, Institut d'Etudes Ibériques et Ibero-Américaines de l'Université de Bordeaux, 1965.

SERRANO, C., «Métaphore et idéologie: sur le tyran de *Fuenteovejuna* de Lope de Vega (notes)», en *Les Langues Neo-Latines,* 4, núm. 199 (1971), págs. 31-53.

SOONS, C. A., «Two Historical Comedias and the Question of *Manierismo*», en *Romanische Forschungen,* LXXIII (1961), págs. 339-346.

SPITZER, L., «Un tema central y su equivalente estructural en *Fuenteovejuna*», en *Hispanic Review,* XXIII (1955), páginas 274-292; también reproducido en J. F. Gatti, *El teatro de Lope de Vega,* Buenos Aires, Eudeba, 1962, páginas 124-147.

VALBUENA-BRIONES, A., «Una perspectiva semiótica: *Fuente*

Ovejuna de Lope de Vega», en *Arbor*, CV, 412 (1980), páginas 17-28.

VALVERDE, J., «Fuentes que inspiraron el drama *Fuenteovejuna*
de Lope», comunicación leída en el *I Congreso Internacional
sobre Lope de Vega y los orígenes del teatro español*, celebrado en Madrid en julio de 1980.

VILLEGAS MORALES, J., *«Fuenteovejuna:* Su tiempo y el nuestro», en *Ensayos de interpretación de textos españoles (me-
dievales, clásicos y modernos)*, Santiago de Chile, Ed. Universitaria, 1963, págs. 71-86.

WARDROPPER, B. W., *«Fuente Ovejuna: El gusto* and *lo justo»*,
en *Studies in Philology*, LIII, 2 (1956), págs. 159-171.

Comedia famosa
de Fuente Ovejuna

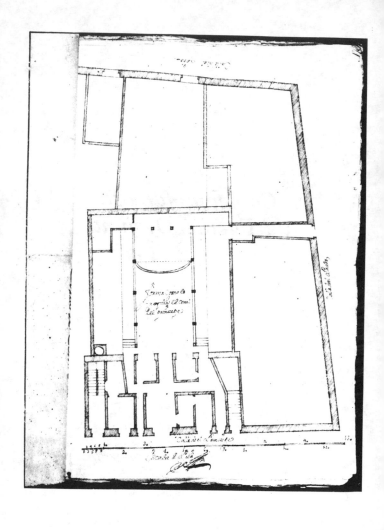

Planta del corral del Príncipe. Dibujo hecho por Pedro de Ribera
en 1735. (Archivo de Villa.)

Hablan en ella las personas siguientes

FERNÁN GÓMEZ.
ORTUÑO.
FLORES.
EL MAESTRE DE CALA-
    TRAVA.
PASCUALA.
LAURENCIA.
MENGO.
BARRILDO.
FRONDOSO.
JUAN ROJO.
ESTEBAN ⎱ *Alcaldes.*
ALONSO ⎰

REY DON FERNANDO.
REINA DOÑA ISABEL.
DON MANRIQUE.
[DOS REGIDORES DE CIU-
    DAD REAL][1].
UN REGIDOR [DE FUENTE
    OVEJUNA].
CIMBRANOS, *soldado.*
JACINTA, *labradora.*
UN MUCHACHO.
Algunos labradores.
UN JUEZ.
La música.
[LEONELO.]

Acto primero

[SALA DEL PALACIO DEL MAESTRE DE CALATRAVA.][2]

Salen el COMENDADOR, FLORES Y ORTUÑO, CRIADOS.

COMENDADOR.   ¿Sabe el Maestre que estoy
            en la villa?

---

[1] Entre corchetes se incluye todo aquello que no figura en ninguna de las ediciones de 1619.

[2] La primera escena se desarrolla en el Palacio de la Orden de Calatrava, en Almagro, que era la residencia obligada del Maestre don Rodrigo Téllez. Las ediciones de 1619 no indican en ningún caso el lugar de la acción de las escenas.

FLORES.	Ya lo sabe.
ORTUÑO	Está, con la edad, más grave.
COMENDADOR.	¿Y sabe también que soy
	Fernán Gómez de Guzmán? [3]
FLORES.	Es muchacho[4], no te assombre.
COMENDADOR.	Cuando[5] no sepa mi nombre,
	¿no le sobra[6] el que me dan
	de Comendador mayor? [7]
ORTUÑO.	No falta quien le aconseje
	que de ser cortés se alexe.
COMENDADOR.	Conquistará poco amor.
	Es llave la cortesía[8]
	para abrir la voluntad;
	y para la enemistad
	la necia descortesía.
ORTUÑO.	Si supiesse un descortés
	cómo lo[9] aborrecen todos,

(líneas 5, 10, 15 marcadas al margen derecho)

---

[3] La obra empieza con redondillas, que son las estrofas más frecuentes en la comedia (un 58,2 por 100). Sobre su empleo en el teatro barroco, véase D. Marín, *Uso y función de la versificación dramática en Lope de Vega*, Valencia, 1968, 2.ª ed., y Juan Manuel Rozas, *Significado y doctrina...*, págs. 127-129.

[4] El Maestre era don Rodrigo Téllez Girón, antepasado, como se dijo en la *Introducción*, del mecenas del Fénix, el Duque de Osuna, a quien rinde homenaje con esta obra. El Maestre contaba con 18 años de edad cuando ocurrieron los hechos de Ciudad Real representados en la comedia. Lope de Vega atribuirá a la excesiva juventud de don Rodrigo sus yerros políticos, y repetirá una y otra vez, como se hará notar en cada ocasión, que esa circunstancia le exime de gran parte de su responsabilidad. El que aparece, entonces, como mentor de la empresa y como verdadero responsable es el Comendador, que queda así configurado como el típico «hombre malo» de la obra.

[5] *Cuando* con valor concesivo, «aunque».

[6] En A$_1$ y B, *sobra;* en A$_2$, *sabra,* probablemente por simple errata.

[7] En las Órdenes Militares existía un Maestre, que ocupaba la cúspide del poder, seguido inmediatamente en dignidad de un Comendador Mayor. La función de este último era la de asesorar al primero en las tareas de gobierno y de ejército. Las palabras que pronuncia Fernán Gómez sirven para caracterizarlo con una antipática arrogancia que, desde el primer momento, dejan ver que es el «hombre malo» de la comedia.

[8] La palabra *cortesía* es clave en la obra. Téngase presente lo que se dijo en la *Introducción*.

[9] En A$_1$ y A$_2$, *lo;* en B, *le.*

	y querrían de mil modos	
	poner la boca a sus pies,	20
	antes que serlo ninguno	
	se dexaría morir.	
FLORES.	¡Qué cansado es de sufrir!	
	¡Qué áspero y qué importuno!	
	Llaman la descortesía	25
	necedad en los iguales,	
	porque es entre desiguales	
	linaje de tiranía.	
	Aquí no te toca nada:	
	que un muchacho aún no ha llegado	30
	a saber qué es ser amado[10].	
COMENDADOR.	La obligación de la espada	
	que le [11] ciñó el mismo día	
	que la Cruz de Calatrava	
	le cubrió el pecho [12], bastaba	35
	para aprender cortesía.	
FLORES.	Si te han puesto mal con él,	
	presto le conocerás.	
ORTUÑO.	Vuélvete, si en duda estás.	
COMENDADOR.	Quiero ver lo que hay en él.	40

Sale[n] [13] *el* MAESTRE DE CALATRAVA *y acompañamiento.*

MAESTRE.	Perdonad, por vida mía,	
	Fernán Gómez de Guzmán,	
	que agora nueva me dan	
	que en la villa estáis.	
COMENDADOR.	Tenía	
	muy justa quexa de vos;	45

---

[10] Flores vuelve a recordar la juventud del Maestre para atribuir a ella sus carencias. Cfr. n. 4.

[11] En A₁, A₂ y B, *le.* Hartzenbusch, A. Castro, Entrambasaguas, Henríquez Ureña, García de la Santa y Profeti escriben *se.*

[12] Se refiere a la Cruz de Calatrava que todos los caballeros de la Orden llevaban bordada en el pecho.

[13] En A₁, A₂ y B, *sale.*

```
                        que el amor y la criança
                        me daban más confiança,
                        por ser, cual somos los dos,
                        vos, Maestre en ¹⁴ Calatrava,
                        yo, vuestro Comendador            50
                        y muy vuestro servidor.
MAESTRE.                Seguro ¹⁵, Fernando, estaba
                        de vuestra buena venida.
                        Quiero volveros a dar
                        los braços.
COMENDADOR.                     Debéisme honrar,           55
                        que he puesto por vos la vida
                          entre diferencias tantas,
                        hasta suplir vuestra edad
                        el Pontífice.
MAESTRE.                              Es verdad.
                        Y por las señales santas ¹⁶        60
                          que a los dos cruzan el pecho,
                        que os lo pago en estimaros
                        y, como a mi padre, honraros.
COMENDADOR.             De vos estoy satisfecho.
MAESTRE.                        ¿Qué hay de guerra por allá?  65
COMENDADOR.             Estad atento, y sabréis
                        la obligación que tenéis ¹⁷.
MAESTRE.                Dezid, que ya lo estoy, ya.
COMENDADOR.                Gran Maestre, don Rodrigo ¹⁸
```

---

¹⁴ En la edición de García de la Santa, *de.*

¹⁵ *Seguro,* descuidado, ajeno. «El que está quieto y sin recelo» *(Cov.).*

¹⁶ Nueva referencia a la Cruz de Calatrava bordada en el pecho.

¹⁷ Como a Lope le interesaba disculpar la actitud del Maestre ante la sucesión al trono de Castilla, tal como se dijo en la *Introducción,* subraya cómo el inexperto Téllez Girón es mal aconsejado por su Comendador Mayor a tomar partido por la Beltraneja, de modo que su responsabilidad quede un poco a salvo.

¹⁸ A partir de este verso empieza un largo romance en el que se relata cómo llegó don Rodrigo Téllez a ser el Maestre de Calatrava; asimismo, se recuerda su genealogía y se termina con el relato de la situación política castellana a la muerte de Enrique IV. Ante estos hechos reco-

Téllez Girón, que a tan alto   70
lugar os traxo el valor
de aquel vuestro padre[19] claro,
que, de ocho años, en vos
renunció su maestrazgo[20],
que después, por más seguro,   75
juraron y confirmaron
Reyes y Comendadores,
dando el Pontífice santo
Pío segundo sus bulas,
y después las suyas Paulo[21],   80
para que don Juan Pacheco[22],
gran Maestre de Santiago,
fuesse vuestro coadjutor;
ya que es muerto, y que os han dado

---

mienda optar por la Beltraneja y enfrentarse a los reyes castellanos, tomando Ciudad Real.

Esta descripción de la familia Girón está tomada casi literalmente de la *Chrónica* de Rades y sirve, aparte de informar a los espectadores del fondo histórico del asunto dramatizado, para plasmar la vida y las obligaciones de la nobleza en contraste con la del pueblo que Laurencia describe en los versos 217 y ss. Cfr. Ribbans, art. cit., págs. 92-93.

En el *Arte Nuevo* se recomienda el romance para este tipo de relatos: *las relaciones piden los romances* (v. 309). El romance disponía de una larga tradición, desde finales del siglo XIV, como estrofa épica, por lo que la comedia nueva lo seleccionó como idóneo para el relato de sucesos ocurridos fuera del escenario. Cfr. D. Marín, *Uso y función...*, y Juan M. Rozas, *Significado y doctrina...*, págs. 126-127.

[19] Su padre fue Pedro Girón, muerto en 1466, según cuenta Rades en su *Chrónica*. En estos romances Lope solía verter toda aquella información que extraía de las Crónicas. En este caso la toma de la de Rades: «Era el Maestre al tiempo de su elección niño de ocho años, y por esto la Orden suplicó al Papa Pío II supliese de nuevo la falta de edad, y confirmase la elección o postulación que habían hecho. El Papa, viendo que hombre de tan poca edad no podía tener el Maestrazgo en título, dióssela en encomienda; y después Paulo II le dio por coadjutor a don Juan Pacheco, su tío, Marqués de Villena.»

[20] Don Pedro Girón consiguió, mediante renuncia del Maestrazgo, que el Papa reconociese a su hijo Rodrigo, nuestro personaje, como Maestre de la Orden.

[21] Se refiere a Paulo II.

[22] Don Juan Pacheco, el famoso Marqués de Villena, era el hermano de don Pedro Girón.

el gobierno sólo a vos,   85
aunque de tan pocos años[23],
advertid que es honra vuestra
seguir en aqueste caso
la parte de vuestros deudos[24];
porque muerto Enrique cuarto,   90
quieren que al rey don Alonso
de Portugal, que ha heredado,
por su mujer, a Castilla,
obedezcan sus vasallos[25];
que aunque pretende[26] lo mismo   95
por Isabel, don Fernando,
gran Príncipe de Aragón,
no con derecho tan claro
a vuestros deudos; que, en fin,
no presumen que hay engaño   100
en la sucessión de Juana[27],
a quien vuestro primo hermano[28]
tiene agora en su poder.
Y assí, vengo a aconsejaros
que juntéis los caballeros[29]   105

---

[23] Cfr. n. 4.

[24] *Deudo,* «el pariente; por lo que debemos, primero a nuestros padres, y de allí en orden a todos los conjuntos en sangre» *(Cov.).*

[25] A la muerte de Enrique IV, se disputaron el trono su hermana Isabel la Católica y Juana la Beltraneja, que era hija, según creencia muy extendida, de su mujer y de su valido, don Beltrán de la Cueva.

[26] En A₁, A₂ y B, *pretenden.* Suprimo la *n* para que el verbo concuerde con el sujeto en singular, tal como hacen todas las ediciones modernas.

[27] Rades contaba en su *Chrónica* esto mismo con palabras casi idénticas: «La mayoría de ellos [los grandes del Reino] obedecieron por su Reina y señora doña Isabel, hermana del rey don Enrique, y por ella a don Fernando, su marido, Rey de Sicilia y Príncipe de Aragón; y otros decían pertenecer el Reino a doña Juana, que afirmaba ser hija del Rey don Enrique.»

[28] Se refiere al también Marqués de Villena, Diego López Pacheco.

[29] Complemento directo personal sin preposición *a.* En la lengua del Siglo de Oro fluctuaba el uso con preposición y sin ella, y posteriormente quedó como normativo el primero. En esta comedia lo más frecuente es la ausencia de *a.*

de Calatrava, en Almagro,
y a Ciudad Real toméis,
que divide como passo
a Andaluzia y Castilla,
para mirarlos a entrambos [30].   110
Poca gente es menester,
porque tiene [31] por soldados
solamente sus vezinos
y algunos pocos hidalgos,
que defienden a Isabel   115
y llaman rey a Fernando [32].
Será bien que deis assombro,
Rodrigo, aunque niño, a cuantos
dizen que es grande essa Cruz
para vuestros hombros flacos [33].   120
Mirad los Condes de Urueña [34],
de quien venís, que mostrando
os están desde la fama
los laureles que ganaron;
los Marqueses de Villena [35],   125
y otros capitanes, tantos,

---

[30] A. Castro y Entrambasaguas escriben *mirarlas;* en la edición de
Hartzenbusch, *tomarlos.* A. Castro corrige también *entrambas,* de modo que rompe la rima en *á-o.*
Obsérvese el tacto de Lope de Vega para salvaguardar la respetabili-
dad del Maestre. Una y otra vez se insiste, como ya hemos dicho, en
que su pecado político de enfrentarse a los Reyes Católicos, tomando
Ciudad Real, fue cometido por los malos consejos recibidos del Comendador Mayor, tal y como aquí aparece claramente. Por otra parte, la
toma de Ciudad Real fue un hecho histórico ocurrido en 1477. Ciudad
Real había sido, tradicionalmente, foco de conflictos entre la Monarquía y la Orden de Calatrava.
[31] En A_1, A_2 y B, *tiene,* aunque Profeti dice en nota que B escribe
tienen. Mantengo el singular, frente a los editores modernos, porque el
sujeto es Ciudad Real.
[32] Se refiere a que Ciudad Real era leal a los Reyes Católicos y no a
la Beltraneja.
[33] Cfr. nota 4.
[34] Complemento directo personal sin la preposición *a.* Se refiere a
Alonso Téllez Girón.
[35] Se refiere a Diego Pacheco.

que las alas de la fama
apenas pueden llevarlos.
Sacad essa blanca [36] espada,
que habéis de hazer, peleando,   130
tan roja como la Cruz [37],
porque no podré llamaros
Maestre de la Cruz roja [38]
que tenéis al pecho, en tanto
que tenéis blanca la espada [39];   135
que una al pecho y otra al lado,
entrambas han de ser rojas [40];
y vos, Xirón [41] soberano,
capa [42] del templo inmortal
de vuestros claros passados.   140

MAESTRE.   Fernán Gómez, estad cierto
que en esta parcialidad,
porque veo que es verdad,
con mis deudos me concierto.
Y si importa, como passo [43],   145
a Ciudad Real mi intento,

---

[36] De acuerdo con el contexto, *blanca* significa «no usada todavía», «no manchada de sangre».

[37] Cfr. nota 12.

[38] En A₁ y A₂, *roxa,* mientras que en los versos 465, 489 y 520 escribe *roja;* en B, *roja.*

[39] En A₁, A₂ y B, *que tenéis la blanca espada.* Parece convenir más bien, según lo dicho en la nota 36, la versión que aquí ofrecemos, siguiendo la modificación realizada por Hartzenbusch, López Estrada y Profeti.

[40] En A₁ y A₂, *roxas;* en el texto, como B.

[41] Como ya advertí en la *Introducción,* respeto la grafía *x* de las ediciones de 1619 para representar la *j* moderna.

[42] Como anota López Estrada, en su edición, estamos ante un juego de palabras: *Girón* es el nombre del Maestre y también existe la palabra *girón* para designar el «trozo suelto y desgarrado de un tejido», que puede perfectamente ser la capa, «pieza entera, vestido que cubre y resguarda». El ilustre profesor recuerda que «en la portada de la *Arcadia* (1598) dedicada al Girón, entonces Duque de Osuna, situó una leyenda: "Este Girón para el suelo, sacó de su capa el cielo"».

[43] *Passo,* pienso, supongo.

veréis que, como violento
rayo, sus muros abraso.

　　No porque es muerto mi tío,
piensen de mis pocos años[44]　　　　　150
los propios y los extraños
que murió con él mi brío.

　　Sacaré la blanca espada,
para que quede su luz
de la color de la Cruz,　　　　　　　155
de roja[45] sangre bañada.

　　Vos, adonde residís
¿tenéis algunos soldados?

COMENDADOR.　Pocos, pero mis criados;
que si dellos os servís,　　　　　　　160
　　pelearán como leones.
Ya veis que en Fuente Ovejuna
hay gente humilde, y alguna
no enseñada en escuadrones,
　　sino en campos y labranças[46].　165

MAESTRE.　¿Allí residís?

COMENDADOR.　　　　Allí
de mi Encomienda[47] escogí
casa entre aquestas mudanças.

[MAESTRE][48].　Vuestra gente se registre[49].

---

[44] Véase la nota 4.

[45] En A₁ y A₂, *roxa;* en B, como aquí.

[46] El Comendador ofrece aquí la primera información acerca del
pueblo de Fuente Ovejuna: gentes de paz, dedicadas exclusivamente a
sus tareas campesinas, de modo que el pueblo queda configurado según los moldes literarios que oponen las armas al arado. En el libro II
de la *Arcadia,* libro de pastores con el que tiene ciertos paralelos, se dice: «Aquí en estas soledades no suenan los atambores bélicos, no las
trompetas marcias, no los estrépitos de las armas, sino las rudas zam-
poñas y los salterios humildes.»

[47] *Encomienda,* «es una dignidad dotada de renta competente,
cuales son las de las Órdenes Militares». «Se toma también por el lugar, territorio y rentas de la misma dignidad o Encomienda» *(Dicc. de
Autoridades).*

[48] Hacemos nuestra la adición de López Estrada.

[49] *Registrarse,* anotarse en un registro con el fin de saber en todo
momento con cuántos se cuenta.

[COMENDADOR][50]. Que no quedará vasallo.   170
MAESTRE.   Hoy me veréis a caballo,
            poner la lança en el ristre.

[PLAZA DE FUENTE OVEJUNA.][51]

Vanse, y salen PASCUAL[A][52] *y* LAURENCIA.

LAURENCIA.	¡Mas que nunca acá volviera!	
PASCUALA.	Pues, a la he[53], que pensé	
	que cuando te lo conté,	175
	más pesadumbre te diera.	
LAURENCIA.	¡Plega al cielo que jamás	
	le vea en Fuente Ovejuna!	
PASCUALA.	Yo, Laurencia, he visto alguna	
	tan brava[54], y pienso que más,	180
	y tenía el coraçón	
	brando[55] como una manteca.	

---

50 Cfr. nota 48.

51 Recuérdese que en las ediciones de 1619 no se indican los lugares en que se desarrolla la acción. Por otra parte, es interesante observar que hasta aquí ha tenido lugar la primera gran escena mayor, de acuerdo con la terminología anglosajona, y que al variar el lugar, los personajes y la acción se inicia la segunda escena mayor, en la cual ya se presenta la primera acción.

52 En A₁, A₂ y B, por error, *Pascual.*

53 *A la he* por *a la fe.* La *f* inicial ha sido sustituida por una aspiración. Este cambio es un arcaísmo con el cual se quiere caracterizar el habla campesina de Pascuala. Los dramaturgos habían creado, desde finales del siglo XV, una lengua absolutamente convencional para que se expresaran en ella los labradores, lengua que intentaba reproducir el habla rural. Combinaba básicamente fenómenos fonéticos y léxicos característicos del leonés, a los que añadían arcaísmos, como el que comentamos, y otros recursos. A esta lengua se le designaba con el término de *sayagués* y, por supuesto, no reproducía el habla real del campesinado.

La exclamación *a la he* es frecuentísima en labios de pastores en el teatro de los siglos XVI y XVII.

54 Se sobreentiende «como tú».

55 *Brando:* el cambio de *l* en *r* es también característico del sayagués en que se expresan los pastores del teatro.

LAURENCIA.	Pues ¿hay enzina tan seca
	como esta mi condición?
PASCUALA.	¡Anda ya! Que nadie diga 185
	desta agua no beberé.
LAURENCIA.	¡Voto al sol[56] que lo diré,
	aunque el mundo me desdiga![57]
	¿A qué efeto[58] fuera bueno
	querer a Fernando[59] yo? 190
	¿Casárame con él?[60]
PASCUALA.	No.
LAURENCIA.	Luego la infamia condeno.
	¡Cuántas moças en la villa,
	del Comendador fiadas[61],
	andan ya descalabradas[62]! 195
PASCUALA.	Tendré yo por maravilla
	que te escapes de su mano.
LAURENCIA.	Pues en vano es lo que ves,
	porque ha que me sigue un mes,
	y todo, Pascual[a][63], en vano. 200

---

[56] *Voto al sol,* es un juramento campesino, como indica López Estrada al anotarlo con unos versos del propio Lope en *El valiente Céspedes:*

> *Lo que te quiero decir*
> *es que «¡voto al sol!» es llano*
> *que es juramento villano».*

> (*Obras* de Lope, ed. de R.A.E.,
> XII, pág. 198.)

[57] *Desdecir,* «desmentir a otro, argüirle de mentira» (*Dicc. de Autor.).*

[58] Simplificación del grupo consonántico.

[59] *Fernando* es el Comendador Fernán Gómez.

[60] Laurencia explicita lo que ya se advirtió en la *Introducción* y es que el amor de Fernán Gómez es mal amor, de acuerdo con la mentalidad de la época, por cuanto no está dirigido hacia el matrimonio, sino hacia el simple disfrute carnal. Por otra parte, no tiene como objeto a mujeres de su categoría social.

[61] *Fiar,* «tener opinión de que no le han de engañar» (*Cov.*).

[62] *Descalabradas,* deshonradas.

[63] En todas las ediciones de 1619 se escribe, por error, *Pascual.*

Aquel Flores, su alcahuete [64],
y Ortuño, aquel socarrón[65],
me mostraron un jubón [66],
una sarta[67] y un copete[68];
dixéronme tantas cosas   205
de Fernando, su señor,
que me pusieron temor;
mas no serán poderosas
para contrastar mi pecho.

PASCUALA.   ¿Dónde te hablaron?

LAURENCIA.   Allá   210
en el arroyo, y habrá
seis días.

PASCUALA.   Y yo sospecho
que te han de engañar, Laurencia.

LAURENCIA.   ¿A mí?

PASCUALA.   Que no, sino al cura[69].

LAURENCIA.   Soy, aunque polla [70], muy dura   215
yo para su reverencia[71].

Pardiez [72], más precio [73] poner,

---

[64] Normalmente se emplea esta palabra en femenino para referirse a
«la tercera, para concertar al hombre y la mujer se ayunten, no siendo
el ayuntamiento legítimo como el de marido y mujer» *(Cov.).* Recuérdese lo dicho acerca del mal amor del Comendador.

[65] *Socarrón,* «el bellaco disimulado, que sólo pretende su interés, y
cuando habla con vos os está secretamente abrasando» *(Cov.).*

[66] *Jubón,* «es vestido justo y ceñido, que se pone sobre la camisa y se
ataca con las calças» *(Cov.).*

[67] *Sarta,* «collar o gargantilla de piezas ensartadas y enhiladas unas
con otras» *(Cov.).*

[68] *Copete,* adorno para la cabeza.

[69] La frase tiene sentido irónico; es un intensificador: «¿a quién va a
ser, si no es a ti?»

[70] *Polla,* «por traslación se llama a la muchacha o moza de poca
edad» *(Dicc. de Autor.).*

[71] Se refiere al Comendador que tenía, como miembro de una Orden
Militar, ese tratamiento. A continuación, se describen las actividades
de un día normal en la aldea. Recuérdese lo dicho en la *Introducción*
sobre la oposición corte-aldea.

[72] *Pardiez,* es un juramento eufemístico muy frecuente en el habla
sayaguesa; equivale a *por Dios.*

[73] *Preciar,* «estimar».

Pascuala, de madrugada,
un pedaço de lunada [74]
al huego [75] para comer,   220
  con tanto zalacatón [76]
de una rosca que yo amasso,
y hurtar a mi madre un vaso
del pegado canjilón;
  y más precio al mediodía   225
ver la vaca entre las coles,
haziendo mil caracoles
con espumosa armonía;
  y concertar, si el camino
me ha llegado a causar pena,   230
casar una berenjena
con otro tanto tozino;
  y después un passatarde [77],
mientras la cena se aliña [78],
de una cuerda de mi viña,   235
que Dios de pedrisco guarde;
  y cenar un salpicón [79]
con su azeite y su pimienta,
y irme a la cama contenta,
y al «inducas tentación» [80]   240
  rezalle mis devociones;
que cuantas raposerías [81],

---

[74] *Lunada,* «es la media anca y comúnmente la aplicamos al pernil
del tocino, diciendo *lunada de tocino*» *(Cov.).*

[75] *Huego,* cambio de *f* inicial en aspiración. *Cfr. supra,* n. 53.

[76] *Zalacatón,* pedazo de pan.

[77] *Passatarde,* merienda.

[78] *Aliñar,* «componer, ataviar, adereçar, adornar» *(Cov.).*

[79] *Salpicón,* «fiambre de carne picada, compuesto y aderezado con
pimienta, sal, vinagre y cebolla, todo mezclado» *(Dicc. de Autor.).*

[80] *Inducas tentación* está usado como sustituto rústico del nombre
de Dios. Las palabras están tomadas de la oración del *Pater noster:* «et
ne nos inducas in tentationem.»

[81] *Raposerías:* Covarrubias explica cómo la raposa «es símbolo de la
astucia, y assí decimos un hombre ser raposo cuando es astuto, y estas
bachillerías y astucias se llaman raposerías».

con su amor y sus porfías[82],
tienen estos bellacones,
   porque todo su cuidado,   245
después de darnos disgusto,
es anochecer con gusto
y amanecer con enfado.

PASCUALA.   Tienes, Laurencia, razón;
que, en dexando de querer,   250
más ingratos suelen ser
que al villano el gorrión.
   En el invierno, que el frío
tiene los campos helados,
decienden[83] de los tejados,   255
diziéndole «tío, tío»,
   hasta llegar a comer
las migajas de la mesa;
mas luego que el frío cessa,
y el campo ven[84] florecer,   260
   no baxan diziendo «tío»,
del beneficio olvidados,
mas saltando en los tejados
dizen: «judío, judío»[85].
   Pues tales los hombres son: 265
cuando nos han menester,

---

[82] *Porfías,* «una instancia y ahínco en defender alguno su opinión o constancia en continuar alguna pretensión» *(Cov.).*

[83] *Decienden:* simplificación del grupo consonántico que aparece en todas las ediciones de 1619. Por errata seguramente, escriben *descienden* tanto García de la Santa como Profeti.

[84] En B, por error, *ver.*

[85] *Judío* era uno de los más graves insultos que podía dirigirse a un cristiano en esta época. Especialmente adquiere importancia en cuanto que los labradores se jactaban de estar limpios de toda sospecha judaica. Los campesinos se habían dedicado a actividades ajenas a las características de los judíos. A. Castro señala cómo es revelador de todo esto que el jurista Lorenzo Galíndez de Carvajal, investigando a los miembros del Consejo Real de Carlos V, redactó un informe en el que el carácter de cristiano viejo de dichos consejeros quedaba probado al descubrir su *linaje de labradores.* (Véase A. Castro, *De la edad conflictiva,* Madrid, Taurus, 1961.)

	somos su vida, su ser,	
	su alma, su coraçón;	
	pero passadas las ascuas,	
	las tías somos judías,	270
	y en vez de llamarnos tías,	
	anda el nombre de las Pascuas[86].	
LAURENCIA.	¡No fiarse de ninguno!	
PASCUALA.	Lo mismo digo, Laurencia.	

Salen MENGO *y* BARRILDO *y* FRONDOSO.

FRONDOSO.	En aquesta diferencia[87]	275
	andas, Barrildo, importuno[88].	
BARRILDO.	A lo menos aquí está	
	quien nos dirá lo más cierto.	
MENGO.	Pues hagamos un concierto	
	antes que lleguéis allá,	280
	y es, que si juzgan por mí[89],	
	me dé cada cual la prenda,	
	precio de aquesta contienda.	
BARRILDO.	Desde aquí digo que sí.	
	Mas si pierdes, ¿qué darás?[90]	285
MENGO.	Daré mi rabel[91] de box[92],	

---

[86] López Estrada, en su edición de la comedia, aduce un texto de *El celoso extremeño* que aclara el significado de este párrafo: «Entreoyeron las mozas los requiebros de la vieja, y cada una le dijo el nombre de las Pascuas: ninguna le llamó vieja que no fuese con su epíteto y adjetivo de hechicera y barbuda, de antojadiza, y de otros que por buen respeto se calla...» *(Novelas Ejemplares,* ed. de Cl. Castellanos, II, página 154). Por tanto, tiene el sentido de «insultar».

[87] *Diferencia,* disputa, discusión.

[88] *Importuno,* desinformado, errado.

[89] «Si piensan como yo.»

[90] En B, por error, *dirás.* En las otras ediciones de 1619 como aquí.

[91] *Rabel,* «instrumento músico de cuerdas y arquillo; es pequeño y todo de una pieza, de tres cuerdas y de voces muy subidas» *(Cov.).*

[92] *Box,* «arbusto que no crece mucho, está siempre verde, su madera es tan dura que no se carcome y tan pesada que se hunde en el agua» *(Cov.).*

	que vale más que una trox[93],	
	porque yo le estimo en más.	
BARRILDO.	Soy contento.	
FRONDOSO.	Pues lleguemos.	

que vale más que una trox[93],
porque yo le estimo en más.

BARRILDO.   Soy contento.

FRONDOSO.   Pues lleguemos.
                    Dios os guarde, hermosas damas[94].   290

LAURENCIA.   ¿Damas, Frondoso, nos llamas?

FRONDOSO.   Andar al uso queremos[95]:
        al bachiller, licenciado;
        al ciego, tuerto; al bisojo[96],
        bizco; resentido, al cojo,   295
        y buen hombre, al descuidado;
        al ignorante, sesudo;
        al mal galán, soldadesca[97];

---

[93] *Trox,* «es lo mesmo que el granero, do se recoge el trigo o cebada» *(Cov.).*

[94] El vocativo cortesano *damas,* dirigido a unas humildes labradoras, es inadecuado y afectado, lo cual produce la consiguiente sorpresa a Laurencia. Cfr. Casalduero, art. cit., pág. 19.

[95] El parlamento de Frondoso va a desarrollar un tópico de larga tradición acerca de la inversión de valores morales y físicos. En esta ocasión, se trata de censurar la vida cortesana en la que los valores han entrado en crisis. Ya en *El caballero Zifar* aparece expresado con estas palabras: «E por lo que es loado el rico, es denostado el pobre; ca si el pobre fuere esforçado, dirán que es loco; e si fuere asosegado, dirán que es torpe; e si fuere callado, dirán que es necio» (Barcelona, ed. de Martín de Riquer, 1951, II, pág. 102). José F. Montesinos y F. Márquez Villanueva han seguido la aparición del tópico en Vives, en *Del socorro de los pobres* y en *Concordia y discordia en el linaje humano* (véanse sus *Obras completas,* Madrid, ed. de Lorenzo Riber, 1947, I, 1370, y II, 172, respectivamente); en Torres Naharro, en su *Sátyra (Propalladia and other works,* I, 1957); en Alfonso Valdés, *Diálogo de las cosas ocurridas en Roma* (Madrid, ed. de F. Montesinos, Cl. Castellanos, 1928, págs. 117-118); en Gil Vicente, en el prólogo-dedicatoria de su obra a Juan II, *Obras completas* (Lisboa, 1953-1958, edición Marqués Braga, I, pág. LXXX); en el *Lazarillo* (Madrid, Cl. Castellanos, 1962, pág. 194), y Fray Antonio de Guevara ya le da el enfoque anticortesano que en *Fuente Ovejuna* posee. Véase su *Menosprecio de corte y alabanza de aldea* (Madrid, Cl. Castellanos, ed. de M. Martínez Burgos, 1952, pág. 100.

[96] *Bisojo,* «el que mira con los ojos calzados, como dizen al revés» *(Cov.).*

[97] *Soldadesca,* «soldado, el gentilhombre que sirve en la milicia, con la pica, arcabuz o otra arma, al cual por otro nombre llaman infante; pelea ordinariamente a pie, su ejercicio se dice *soldadesca» (Cov.).*

a la boca grande, fresca,
y al ojo pequeño, agudo;   300
    al pleitista, diligente;
al gracioso, entremetido[98];
al hablador, entendido,
y al insufrible, valiente;
    al cobarde, para poco;   305
al atrevido, bizarro;
compañero, al que es un jarro[99],
y desenfadado, al loco;
    gravedad, al descontento;
a la calva, autoridad;   310
donaire[100], a la necedad,
y al pie grande, buen cimiento;
    al buboso[101], resfriado;
comedido, al arrogante;
al ingenioso, constante;   315
al corcovado, cargado.
    Esto llamaros imito[102],
damas, sin passar de aquí;
porque fuera hablar assí
proceder en infinito.   320

LAURENCIA.   Allá en la ciudad, Frondoso,
llámase por cortesía
de essa suerte; y a fe mía,

---

[98] *Entremetido:* «entremeterse, es ingerirse uno y meterse donde no le llaman y de aquí se dijo *entremetido* al bullicioso» *(Cov.).* Transcribimos el verso tal como aparece en las ediciones de 1619, aunque las modernas lo hayan modificado: *gracioso, al entremetido.*

[99] *Ser un jarro,* «al que es necio decimos que es un jarro, presuponemos que es de vino, y si de agua grosero y basto» *(Cov.).*

[100] *Donaire,* «vale gracia» *(Cov.).*

[101] *Buboso,* «bubas, el mal que llaman francés, que tanto ha cundido por todo el mundo. Bubosos, los que tienen esta enfermedad» *(Cov.).* En las ediciones de García Pavón y García de la Santa, *nuboso.*

[102] Frondoso explica cómo, por analogía con esa inversión de valores, trata de damas a las campesinas. El verso 317 fue modificado en la edición de Hartzenbusch: «esto *al* llamaros imito.» López Estrada sugiere, en nota, que pueda haber una errata: *limito. [Me] limito [a] llamaros esto.*

que hay otro más riguroso
y peor vocabulario   325
en las lenguas descorteses.

FRONDOSO. Querría que lo dixesses.

LAURENCIA. Es todo a essotro contrario:
al hombre grave, enfadoso;
venturoso, al descompuesto [103];   330
melancólico, al compuesto,
y al que reprehende, odioso;
importuno, al que aconseja;
al liberal, moscatel [104];
al justiciero, cruel,   335
y al que es piadoso, madeja [105];
al que es constante, villano;
al que es cortés, lisonjero;
hipócrita, al limosnero,
y pretendiente, al cristiano;   340
al justo mérito, dicha;
a la verdad, imprudencia;
cobardía, a la paciencia,
y culpa, a lo que es desdicha;
necia, a la mujer honesta;   345
mal hecha, a la hermosa y casta,
y a la honrada... Pero basta,
que esto basta por respuesta.

MENGO. Digo que eres el dimuño [106].

BARRILDO. ¡Soncas [107], que lo dize [108] mal!   350

---

[103] El verso, en la edición de Hartzenbusch: «al que es veraz, descompuesto.» *Descompuesto,* «el atrevido que ha hablado con poca modestia. Descompuesto, al que han privado de algún lugar honrado, por deméritos» *(Cov.).*

[104] En A₁, A₂ y B, *liberal al moscatel.* Modificamos lo mismo que han hecho todos los editores modernos. *Moscatel,* «demasiado fácil en gastar». Cfr. C. E. Anibal, «Moscatel», en *Hispania,* XVII, 1934, páginas 3-18.

[105] *Madeja sin cuenda (sic.),* «por el que es mal aliñado y desmazalado» *(Cov.).*

[106] *Dimuño,* deformación lingüística para dar apariencia de habla rural al campesino. Véase la n. 53.

[107] *Soncas,* expresión sayaguesa que equivale a «en verdad», «a fe».

[108] En la ed. de A. Castro y García de la Santa, *hice.*

MENGO.	Apostaré que la sal
	la echó el cura con el puño.
LAURENCIA.	¿Qué contienda os ha traído,
	si no es que mal lo entendí?
FRONDOSO.	Oye, por tu vida.
LAURENCIA.	Di. 355
FRONDOSO.	Préstame, Laurencia, oído.
LAURENCIA.	¿Cómo prestado? [109] Y aun dado.
	Desde agora os doy el mío.
FRONDOSO.	En tu discreción confío.
LAURENCIA.	¿Qué es lo que habéis apostado? 360
FRONDOSO.	Yo y Barrildo contra Mengo.
LAURENCIA.	¿Qué dize Mengo? [110]
BARRILDO.	Una cosa
	que, siendo cierta y forçosa,
	la niega.
MENGO.	A negarla vengo,
	porque yo sé que es verdad. 365
LAURENCIA.	¿Qué dize?
BARRILDO.	Que no hay amor.
LAURENCIA.	Generalmente, es rigor [111].
BARRILDO.	Es rigor y es necedad.
	Sin amor, no se pudiera
	ni aun el mundo conservar. 370
MENGO.	Yo no sé filosofar;
	leer, ¡oxalá [112] supiera!
	Pero si los elementos

---

[109] Laurencia juega con las palabras. *Prestar oído* es una frase que tiene el sentido unitario de «atender». Ella finge una interpretación literal y por eso afirma que no se lo presta, sino que se lo da. En las ediciones de Castro, Henríquez Ureña, García de la Santa y García Pavón, no se transcribe como pregunta, lo cual no tiene sentido.

[110] A partir de aquí, los personajes se entregan a una discusión acerca de la existencia, naturaleza y propiedades del amor, de un modo semejante a lo que ocurre en los libros pastoriles.

[111] *Generalmente,* con el sentido de «en términos generales o absolutos» y no de «siempre». El significado del verso es, pues, que mantener que en términos generales el amor no existe parece exageración, *rigor.*

[112] En A₁ y en A₂, *ojalá;* en B, *oxalá.*

	en discordia eterna viven,	
	y de los mismos reciben	375
	nuestros cuerpos alimentos,	
	cólera y melancolía,	
	flema y sangre, claro está [113].	
BARRILDO.	El mundo de acá y de allá,	
	Mengo, todo es armonía.	380
	Armonía es puro amor,	
	porque el amor es concierto.	
MENGO.	Del natural os advierto	
	que yo no niego el valor.	
	Amor hay, y el que entre sí	385
	gobierna todas las cosas,	
	correspondencias forçosas	
	de cuanto se mira aquí;	
	y yo jamás he negado	
	que cada cual tiene amor	390
	correspondiente a su humor [114]	
	que le conserva en su estado.	
	Mi mano al golpe que viene	
	mi cara defenderá;	
	mi pie, huyendo, estorbará	395
	el daño que el cuerpo tiene.	
	Cerraránse mis pestañas	
	si al ojo le viene mal,	
	porque es amor natural.	
PASCUALA.	Pues ¿de qué nos desengañas?	400
MENGO.	De que nadie tiene amor	
	más que a su misma persona.	

[113] Si la escena se considera como realista, Lope de Vega ha quebrantado la ley del decoro al hacer expresar a un villano analfabeto la concepción aristotélica del amor, relacionándolo con los cuatro humores. Pero evidentemente hay que acercarse a la escena con otros criterios: téngase en cuenta que constituye un episodio pastoril, y que eran los pastores los que más conocían del amor y de sus efectos, según las convenciones del género.

[114] *Humor,* «cuerpo líquido y fluido» *(Dicc. de Autor.).* Mengo vuelve a ocuparse de la teoría que relaciona los humores con el amor, según la consabida tipología humana: coléricos, melancólicos, flemáticos y sanguíneos.

PASCUALA.	Tú mientes, Mengo, y perdona;
	porque ¿es materia [115] el rigor
	con que un hombre a una mujer 405
	o un animal quiere y ama
	su semejante?
MENGO.	Esso llama
	amor propio, y no querer.
	¿Qué es amor?
LAURENCIA.	Es un desseo
	de hermosura [116].
MENGO.	Essa hermosura 410
	¿por qué el amor la procura?
LAURENCIA.	Para gozarla.
MENGO.	Esso creo.
	Pues [117] esse gusto que intenta,
	¿no es para él mismo?
LAURENCIA.	Es assí.
MENGO.	Luego, ¿por quererse a sí 415
	busca el bien que le contenta?
LAURENCIA.	Es verdad.
MENGO.	Pues desse modo
	no hay amor, sino el que digo,
	que por mi gusto le sigo,
	y quiero dármele en todo. 420

---

[115] El verso 404 consta así en todas las ediciones de 1619. Hartzenbusch lo modificó: *porque ¿es mentira el rigor,* y así aparece en las ediciones de A. Castro, García de la Santa, Henríquez Ureña, Entrambasaguas y García Pavón. Mantenemos la lectura de A_1, A_2 y B porque, según lo que Mengo había sostenido anteriormente, no existe más amor que el material y propio, a lo que Pascuala se opone, señalando otros tipos de amor.

[116] Laurencia sostiene aquí la idea platónica que repitiera, a su vez, León Hebreo, de que el amor es apetencia de la belleza y de la virtud de lo amado. De hecho, quedará enamorada de Frondoso cuando éste se muestre como hombre valiente al enfrentarse al Comendador con la ballesta. Véanse sobre este parlamento Casalduero, *op. cit.,* pág. 20; Wardropper, art. cit., págs. 163-167; López Estrada, «Los villanos...», págs. 525-529, y Herrero, art. cit., págs. 177-179 y 182-183.

[117] En A_1 y A_2, se vuelve a repetir, por error, el nombre de Mengo. En B, como aquí.

BARRILDO.	Dixo el cura del lugar
	cierto día en el sermón
	que había cierto Platón
	que nos enseñaba a amar;
	que éste amaba el alma sola 425
	y la virtud de lo amado.
PASCUALA.	En materia habéis entrado
	que, por ventura, acrisola [118]
	los caletres [119] de los sabios
	en sus cademias [120] y escuelas. 430
LAURENCIA [121].	Muy bien dize, y no te muelas [122]
	en persuadir sus agravios.
	Da gracias, Mengo, a los cielos,
	que te hizieron sin amor.
MENGO.	¿Amas tú?
LAURENCIA.	Mi propio honor [123]. 435
FRONDOSO.	Dios te castigue con celos [124].

---

[118] *Acrisolar,* «purificar, limpiar y purgar en el crisol el oro, o la plata, separando lo térreo y extraño, mediante la operación del fuego, hasta que queden limpios y apurados de las heces» *(Dicc. de Autor.).*

[119] *Caletre,* «juicio, capacidad, entendimiento, discurso o imaginación vehemente» *(Dicc. de Autor.).*

[120] *Cademias,* por medio de la aféresis se pretende neutralizar el aspecto culto de la conversación entre los rústicos. En general, todo este parlamento se inserta en los moldes de la exquisita y artificiosa tradición pastoril del Siglo de Oro.

[121] En la edición de López Estrada este parlamento se le atribuye a Pascuala, probablemente por simple errata, consistente en la omisión del nombre de Laurencia.

[122] *Moler,* «algunas veces, por metáfora, moler vale cansar y importunar, y al que tiene esta condición de ser pesado le llamamos moledor» *(Cov.).*

[123] Laurencia, después de mantener las ideas platónicas acerca del amor, reconoce ahora no amar más que su propio honor, lo que explica la firmeza con que se enfrentará posteriormente al Comendador. Obsérvese, de todos modos, la sequedad emocional que revelan todas estas intervenciones suyas.

[124] Curiosamente toda la polémica la suscitó Frondoso, cuando solicitó atención a Laurencia; sin embargo, a lo largo de la conversación se ha mantenido distante y no ha intervenido hasta ahora, justamente en el momento en que escucha la referencia al honor de su amada. Su intervención se limita a desearle *celos,* sugiriendo con ello que los está sufriendo en su propio ser.

BARRILDO.	¿Quién gana? [125]
PASCUALA.	Con la quistión[126]
	podéis ir al sacristán,
	porque él o el cura os darán
	bastante satisfación[127]. 440
	Laurencia no quiere bien;
	yo tengo poca experiencia.
	¿Cómo daremos sentencia?
FRONDOSO.	¿Qué mayor que esse desdén?

Sale FLORES

FLORES.	Dios guarde a la buena gente. 445
PASCUALA.	Este es del Comendador
	criado.
LAURENCIA.	¡Gentil açor! [128]
	¿De adónde bueno, pariente?
FLORES.	¿No me veis a lo soldado?
LAURENCIA.	¿Viene don Fernando acá? 450
FLORES.	La guerra se acaba ya,
	puesto que[129] nos ha costado
	alguna sangre y amigos.
FRONDOSO.	Contadnos cómo passó.
FLORES.	¿Quién lo dirá como yo, 455
	siendo mis ojos testigos? [130]

---

[125] Como la conversación se planteó como polémica sobre la cual las muchachas dictaminarían finalmente quiénes estaban en la razón, Barrildo solicita el veredicto, pero Pascuala se sale por la tangente.

[126] *Quistión,* «polémica». El término es interpretado por López Estrada como una forma rústica que emplea Lope para templar la altura de la discusión.

[127] Simplificación del grupo consonántico culto.

[128] Tanto las palabras de Pascuala como las de Laurencia son pronunciadas en un aparte. Por otro lado, obsérvese la maliciosa referencia de esta última a que Flores es el alcahuete del Comendador, el *azor* del que se sirve para sus cacerías amorosas.

[129] *Puesto que,* aunque

[130] A continuación varía la estrofa: se abandonan las redondillas y se toma el romance para el largo relato de la guerra que hace Flores.

Para emprender la jornada
desta ciudad, que ya tiene
nombre de Ciudad Real,
juntó el gallardo Maestre   460
dos mil luzidos infantes [131]
de sus vassallos valientes,
y trezientos [132] de a caballo,
de seglares y de freiles [133];
porque la Cruz roja obliga   465
cuantos [134] al pecho la tienen,
aunque sean de [135] orden sacro;
mas contra moros, se entiende [136].
Salió el muchacho bizarro
con una casaca verde,   470
bordada de cifras de oro,
que sólo los braçaletes [137]
por las mangas descubrían,
que seis alamares [138] prenden.
Un corpulento bridón [139],   475

Recuérdese lo que se dijo sobre el empleo dramático del romance en la nota 18. Como los demás elementos históricos del argumento, el relato de la batalla por Ciudad Real lo tomó Lope de Vega de la *Chrónica de Rades*, a la que es muy fiel: «En este tiempo el Maestre juntó en Almagro trescientos de caballo entre freiles de su orden y seglares, con otros dos mil peones, y fue contra Ciudad Real con intento de tomarla para su Orden.»

[131] *Infante*, «soldado (...) al cual por otro nombre llaman infante» *(Cov.)*.

[132] En la edición de Profeti, por error, *trescientos*.

[133] Téngase presente que las Órdenes Militares tenían también carácter religioso y a los caballeros profesos se les daba tratamiento de *freile*.

[134] Complemento directo personal sin preposición, como *supra*, en el v. 105. Cfr. nota 29.

[135] García de la Santa transcribe *del*.

[136] En A$_2$ y B, *entiende*; en A$_1$, *entien* por simple errata. Sobre las diferencias entre A$_1$ y A$_2$, véase la *Introducción*.

[137] En A$_1$ y B, *braçaletes*; en A$_2$, *braçateles*.

[138] *Alamar*, «botón de macho y hembra de trenzas de seda o de oro» *(Cov.)*.

[139] *Bridón*, «se toma también por el caballo ensillado y enfrenado a la brida» *(Dicc. de Autor.)*. En la edición de Hartzenbusch, *en un bridón corpulento*.

ruzio rodado[140], que al Betis[141]
bebió el agua, y en su orilla
despuntó la grama[142] fértil;
el colón[143], labrado en cintas
de ante; y el riço[144] copete[145]   480
cogido en blancas lazadas[146],
que con las moscas de nieve[147]
que bañan la blanca piel
iguales labores texe.
A su lado Fernán Gómez,   485
vuestro señor, en un fuerte
melado[148], de negros cabos[149],
puesto que con blanco bebe[150].
Sobre turca jazerina[151],
peto[152] y espaldar[153] luziente,   490
con naranjada las saca[154],

---

[140] *Ruzio dorado,* «el caballo de color pardo claro, que comúnmente se llama tordo, y se dice rodado cuando sobre su piel aparecen a la vista ciertas ondas o ruedas, formadas de su pelo» *(Dicc. de Autor.).*

[141] *Betis,* el Guadalquivir.

[142] *Grama,* «hierba conocida y muy común pasto del ganado» *(Cov.).*

[143] En A$_2$ y B, *colón;* en A$_1$, *codón.* Según López Estrada, la forma *colón* es un probable italianismo (*codone,* «bolsa para cubrir la cola del caballo») que se ha cruzado con la palabra *cola.* A. Castro, Henríquez Ureña, García Pavón, Entrambasaguas y Profeti transcriben *codón.*

[144] En A$_2$ y B, *rico;* en A$_1$, *rizo.* Rizo, «púdose decir rizo, *quasi* erizo, por estar levantado» *(Cov.).*

[145] *Copete,* «en los caballos es el mechón de crin que les cae sobre la frente de entre las orejas» *(Cov.).*

[146] *Lazadas,* «de lazo se dijo enlazar, enlazamiento y lazada» *(Cov.).*

[147] *Moscas de nieve* son metafóricamente las manchas negras sobre la piel blanca del caballo.

[148] *Melado,* caballo del color de la miel.

[149] *Cabos,* patas.

[150] *Con blanco bebe,* con labio blanco.

[151] *Jazerina,* «cota hecha de mallas de acero muy fina» *(Dicc. de Autor.).*

[152] *Peto,* «la armadura del pecho *a pectore» (Cov.).*

[153] *Espaldar,* «armadura de la espalda». «Peto y espaldar, armadura del infante» *(Cov.).*

[154] La edición de Hartzenbusch lo modifica: *con naranjada orla saca.* López Estrada explica el sentido del verso con las siguientes pa-

que de oro y perlas guarnece.
El morrión [155] que, coronado [156]
con blancas plumas, parece
que del color naranjado   495
aquellos azares vierte.
Ceñida al braço una liga
roja y blanca, con que mueve
un fresno entero por lança,
que hasta en Granada le temen.   500
La ciudad se puso en arma [157];
dizen que salir no quieren
de la corona real,
y el patrimonio defienden.
Entróla, bien resistida;   505
y el Maestre a los rebeldes
y a los que entonces trataron
su honor injuriosamente,
mandó cortar las cabeças,
y a los de la baxa plebe   510
con mordaças en la boca,
açotar públicamente [158].

labras: «Pudiera ser que *naranjada* fuera el color de la ropa (sobre todo,
cuellos y bandas) que estaba sobre la armadura; esto daría sentido al
juego *naranjado-azahar* (vs. 495-496). Parecería entonces *los saca*.»
Víctor Dixon, en la reseña citada, escribe «It is surely a reference to the
Comendador's *casaca*, which, as the following lines (if correctly punc-
tuated) tell us, is complemented by the *morrión,* with the orange-
blossom of its white plumes». Profeti, por su parte, acepta la enmienda
de D. Cruickshank, «Some uses of paleographic and orthographical
evidence in *Comedia* editing», en *Bulletin of the Comediantes,* XXIV,
1972, págs. 41-42: una grafía «Cassaca», del original, con *c* mayúscula
parecida a la *l,* originaría la corrupción «las saca»; en consecuencia,
Profeti escribe: *con naranjada casaca.*

[155] *Morrión,* «capacete o celada, que por cargar y hacer peso en la
cabeza se le dio este nombre de moria» *(Cov.).*

[156] Seguimos la lectura de A₂ y B; en A₁, *corona.* Hartzenbusch
escribe *que corona.*

[157] *Ponerse en arma,* «estar un reino puesto en armas, estar alterado
con guerras, o civiles o extrañas» *(Cov.).*

[158] Lope de Vega sigue con fidelidad la *Chrónica* de Rades que le
sirve de fuente de información sobre los sucesos de Ciudad Real, hasta
el punto de limitarse a repetir textualmente las palabras del histo-

Queda en ella tan temido
y tan amado, que creen
que quien en tan pocos años [159]   515
pelea, castiga y vence,
ha de ser en otra edad
rayo del África fértil,
que tantas lunas azules [160]
a su roja Cruz sujete [161].   520
Al Comendador y a todos
ha hecho tantas mercedes,
que el saco [162] de la ciudad
el de su hazienda parece.
Mas ya la música suena: 525
recebilde [163] alegremente,
que al triunfo, las voluntades
son los mejores laureles.

---

riador, como los versos 502-503 y 510-512: «Los de Ciudad Real se pusieron en defensa por no salir de la Corona real, y sobre esto hubo guerra entre el Maestre y ellos, en la cual de ambas partes murieron muchos hombres. Finalmente, el Maestre tomó la ciudad por fuerza de armas.» Y añade más abajo: «Tuvo el Maestre la ciudad muchos días, y hizo cortar la cabeza a muchos hombres de ella porque habían dicho algunas palabras injuriosas contra él; y a otros de la gente plebeya hizo azotar con mordazas en las lenguas.»

[159] Nueva referencia a la juventud del Maestre con la intención ya señalada. Véase la nota 4.

[160] Alusión a las insignias musulmanas.

[161] En la edición de García de la Santa, *a su cruz roja sujete.*

[162] *Saco,* saqueo.

[163] *Recebilde,* con variación del timbre vocálico pretónico y metátesis consonántica al final.

Sale[n] el COMENDADOR *y* ORTUÑO; *músicos;* JUAN
ROJO, *y* ESTEBAN *y* [164] ALONSO, *alcaldes.*

Cantan:

Sea bien venido	
el Comendadore [165]	530
de rendir las tierras	
y matar [166] los hombres.	
¡Vivan los Guzmanes!	
¡Vivan los Girones!	
Si en las pazes blando,	535
dulce en las razones.	
Venciendo moricos [167],	
fuerte [168] como un roble,	
de Ciudad Reale [169]	
viene vencedore [170];	540
que a Fuente Ovejuna	

---

[164] En A_1 y A_2, se omite la conjunción *y*. Sigo la lectura de B. López
Estrada la transcribe como una adición moderna y Profeti la suprime.

[165] La *e* final es paragógica y da impresión de antigüedad y tradición
a la copla, al tiempo que facilita la rima *ó-e*.

[166] Ausencia de la preposición ante el complemento directo personal.

[167] En las ediciones de García de la Santa, García Pavón, Henríquez
Ureña y Entrambasaguas, *moriscos*. El texto podría ser entendido como una ironía acerca del combate de los cristianos acaudillados por el
Comendador contra los de Ciudad Real, en lugar de hacer la guerra
exclusivamente contra los moros como tendría que ser; sin embargo,
no parece plausible tal hipótesis, sino que pensamos con López Estrada
que es una expresión que pone de manifiesto la ingenuidad del pueblo,
al pensar que no hay más enemigo para las Órdenes Militares que los
árabes.

[168] En A_1, A_2 y B, *fuertes*. Prefiero *fuerte,* pensando en que se
refiere al Comendador y no a los moriscos. En la edición de Profeti,
como aquí.

[169] Nuevamente una *e* paragógica para dar apariencia de antigüedad
y tradición al cantar.

[170] *E* paragógica.

trae los [171] *sus pendones* [172].
¡*Viva muchos años,*
viva Fernán Gómez!

COMENDADOR.   Villa, yo os agradezco justamente   545
el amor que me habéis aquí mostrado.

ALONSO.   Aún no muestra una parte del que siente.
Pero, ¿qué mucho que seáis amado
mereciéndolo vos?

ESTEBAN.   Fuente Ovejuna
y el Regimiento [173] que hoy habéis
                           [honrado   550
que recibáis os ruega y importuna
un pequeño presente, que essos carros
traen, señor, no sin vergüença alguna,
de voluntades y árboles bizarros,
más que de ricos dones. Lo primero   555
traen dos cestas de polidos [174] barros [175];
de gansos viene un ganadillo entero,
que sacan por las redes las cabeças,
para cantar vuesso [176] valor guerrero.
Diez cebones [177] en sal, valientes
                           [pieças,   560
sin otras menudençias [178] y cezinas;

---

[171] En A$_1$, se omite *los;* A$_2$ y B, como aquí. Construcción arcaizante compuesta de artículo + posesivo + sustantivo. La lengua del *Romancero* conservó ciertos arcaísmos como éste para dotar al poema de ese sabor de antigüedad característico de toda la épica. Cfr. R. Lapesa, «La lengua de la poesía épica en los Cantares de Gesta y en el Romancero viejo», en *De la Edad Media a nuestros días,* Madrid, Gredos, 1971, págs. 9-28. La presencia del artículo hace que el verso sobrepase las seis sílabas, salvo que se articule *trae* como una sola sílaba por sinéresis.

[172] *Pendón,* «la bandera o estandarte pequeño» *(Cov.).*

[173] *Regimiento* es el cuerpo de *regidores* del Ayuntamiento de la ciudad, el concejo.

[174] Modificación del timbre vocálico: *pulidos.*

[175] *Barros,* vasijas de barro que contienen conservas.

[176] *Vuesso* es la forma rústica de *vuestro.*

[177] *Cebón,* «el puerco que a posta le engordan» *(Cov.).*

[178] En A$_1$ y A$_2$, *menudencias;* en B, como aquí.

y más que guantes de ámbar, sus
[cortezas.
Cien pares de capones[179] y gallinas,
que han dexado viudos a sus gallos
en las aldeas que miráis vezinas.   565
Acá no tienen[180] armas ni caballos,
no jaezes[181] bordados de oro puro,
si no es oro el amor de los vassallos[182].
Y porque digo puro, os asseguro
que vienen doze cueros, que aun en
[cueros   570
por enero podéis guardar un muro,
si dellos aforráis[183] vuestros
[guerreros[184],
mejor que de las armas azeradas;
que el vino suele dar lindos azeros.
De quesos y otras cosas no
[excusadas   575
no quiero daros cuenta: justo pecho[185]
de voluntades que tenéis ganadas;
y a vos y a vuestra casa, ¡buen
[provecho![186]

COMENDADOR.   Estoy muy agradecido.
Id, Regimiento, en buen hora.   580
ALONSO.   Descansad, señor, agora,
y seáis muy bien venido;

---

[179] *Capón,* «cápanse las aves, como son los gallos, y de ellos se hacen capones» *(Cov.).*

[180] En las ediciones de García de la Santa y García Pavón, *traen.*

[181] *Jaez,* «adorno y guarnición del caballo de gineta» *(Cov.).*

[182] Esteban se hace eco de las obligaciones que los vasallos contraían con sus señores: debían fundamentalmente honrarlos *(amor).*

[183] Complemento directo personal sin preposición *a.* Cfr. la nota 29.

[184] Hay un juego verbal entre *cueros* (piel para conservar el vino) y *en cueros* (desnudos) que permite lo que se dice en el v. 571: los soldados guardarán un muro en el frío enero con los cueros de vino.

[185] Juego verbal entre el sentido de «estimación» y «tributo».

[186] La serie de tercetos se cierra curiosamente con este serventesio. A continuación, se pasa a la redondilla, que es la estrofa más usada en la comedia.

que esta espadaña[187] que veis
y juncia[188], a vuestros umbrales
fueran perlas orientales,   585
y mucho más merecéis,
a ser possible a la villa.

COMENDADOR. Assí lo creo, señores.
Id con Dios.

ESTEBAN.   Ea, cantores,
vaya otra vez la letrilla.   590
    Cantan:
    Sea bien venido
    el Comendadore
    de rendir las tierras
    y matar los hombres.

                                    Vanse

[*El* COMENDADOR *se dirige a la Casa de la Encomienda y,*
una vez en la puerta, se dirige a LAURENCIA *y* PASCUALA.]

COMENDADOR.   Esperad vosotras dos.   595
LAURENCIA.   ¿Qué manda su señoría?
COMENDADOR.   ¿Desdenes el otro día,
pues, conmigo? ¡Bien, por Dios!
LAURENCIA.   ¿Habla contigo, Pascuala?
PASCUALA.   Conmigo no, ¡tirte ahuera![189]   600
COMENDADOR.   Con vos hablo, hermosa fiera,
y con essotra zagala.
       ¿Mías no sois?

---

[187] Los labradores han adornado las calles con hierbas para dar la
bienvenida al Comendador. *Espadaña,* «hierba conocida, que nace
abundantemente por las lagunas y orillas de arroyos empantanados; su
talle no tiene ñudo ninguno y parécese mucho al del junco (...) Sus
hojas tienen forma de espada, de donde tomaron el nombre, y en las
fiestas, por ser verdes y frescas las espadañas, se echan por el suelo y
cuelgan por las paredes» *(Cov.).*

[188] *Juncia,* «hierba» *(Cov.).*

[189] *Tirte ahuera,* «¡quita allá!», «¡anda allá!» Es una expresión rústica que se forma a partir de *tírate* > *tirte. Ahuera* con *h* aspirada tal y
como es frecuente en el habla sayaguesa, al perderse la *f.* Cfr. nota 53.

PASCUALA.   Sí, señor;
mas no para cosas tales[190].
COMENDADOR. Entrad, passad los umbrales;   605
hombres hay, no hayáis temor.
LAURENCIA.   Si los alcaldes entraran,
que de uno[191] soy hija yo,
bien huera[192] entrar; mas si no...
COMENDADOR. ¡Flores!
FLORES.   Señor...
COMENDADOR.   ¿Qué reparan   610
en no hazer lo que les digo?
FLORES.   Entrá, pues.
LAURENCIA.   No nos agarre.
FLORES.   Entrad, que sois necias.
PASCUALA.   Arre,
que echaréis luego el postigo.
FLORES.   Entrad, que os quiere enseñar   615
lo que trae de la guerra.

[A ORTUÑO, *aparte, mientras se entra en la casa.]*

COMENDADOR. Si entraren, Ortuño, cierra.
LAURENCIA.   Flores, dexadnos passar.
ORTUÑO.   ¡También venís presentadas
con lo demás!
PASCUALA.   ¡Bien a fe!   620
Desvíesse[193], no le dé...
FLORES.   Basta, que son extremadas.
LAURENCIA.   ¿No basta a vuesso señor
tanta carne presentada?
ORTUÑO.   La vuestra es la que le agrada.   625

---

190 En las ediciones de A. Castro, Entrambasaguas, García de la
Santa, García Pavón y Henríquez Ureña transcriben *casos.*
191 En A$_2$ y B, *uno;* en A$_1$, *una.*
192 *Huera:* el cambio de *f* por *h* aspirada es fenómeno sayagués.
Cfr. n. 53.
193 En A$_1$ y A$_2$, *desviésse;* en B, *desvíese.*

LAURENCIA.	¡Reviente de mal dolor!
	Vanse.
FLORES.	¡Muy buen recado llevamos!
	No se ha de poder sufrir
	lo que nos ha de dezir
	cuando sin ellas[194] nos vamos. 630
ORTUÑO.	Quien sirve se obliga a esto.
	Si en algo dessea medrar,
	o con paciencia ha de estar,
	o ha de despedirse presto[195].

[HABITACIÓN DEL PALACIO DE LOS
REYES CATÓLICOS.]

Vanse los dos y salgan el REY DON FERNANDO, *la* REINA
DOÑA ISABEL, MANRIQUE *y acompañamiento.*

ISABEL.	Digo, señor, que conviene 635
	el no haber descuido en esto,
	por ver [a] Alfonso en tal puesto,
	y su exército previene[196].
	Y es bien ganar por la mano
	antes que el daño veamos; 640
	que si no lo remediamos,
	el ser muy cierto está llano.
REY.	De Navarra y de Aragón
	está el socorro seguro,
	y de Castilla procuro 645
	hazer la reformación
	de modo que el buen sucesso
	con la prevención se vea.

---

[194] En A₁ y A₂, *ellas;* en B, *ella.*

[195] En A₁ y A₂, *de presto;* en B, *presto.* A. Castro, Entrambasaguas
y Henríquez Ureña reproducen la lectura de A; Hartzenbusch, López
Estrada y Profeti prefieren B. Me inclino por B, pues de lo contrario
sobraría una sílaba al verso.

[196] En la edición de Hartzenbusch, *que su ejército previene.*

ISABEL.	Pues vuestra Majestad crea
	que el buen fin consiste en eso [197]. 650
MANRIQUE.	Aguardando tu licencia
	dos regidores están
	de Ciudad Real: ¿entrarán?
REY.	No les nieguen mi presencia.

Salen dos regidores de Ciudad Real.

REGIDOR 1.º	Católico rey Fernando, 655
	a quien ha enviado el cielo,
	desde Aragón a Castilla,
	para bien y amparo nuestro [198]:
	en nombre de Ciudad Real
	a vuestro valor supremo 660
	humildes nos presentamos,
	el [199] real amparo pidiendo [200].
	A mucha dicha tuvimos
	tener título de vuestros,

---

[197] En A₁, A₂ y B, *esto,* con lo que se rompe la rima con *sucesso.* Siguen la lectura de las ediciones de 1619 las de A. Castro y Entrambasaguas, mientras que la modifican Hartzenbusch, López Estrada y Profeti.

[198] Véase en la *Introducción* la valoración de estos versos como concepción y propaganda del sistema monárquico.

[199] En la edición de Profeti, se omite el artículo.

[200] La escena parece histórica. En la *Chrónica* de Rades se relata cómo acudieron los vecinos de Ciudad Real a denunciar los hechos ante los Reyes Católicos y a solicitar su ayuda. Lope se limita a poner en verso el episodio: «Los de Ciudad Real se quejaron a los Reyes Católicos de los agravios y afrentas que los de la Orden de Calatrava les hacían, y dijeron cómo en aquella ciudad había pocos vecinos, y ninguno de ellos era rico ni poderoso para hacer cabeza de él contra el Maestre, antes todos eran gente común y pobre, por estar la ciudad cercada de pueblos de Calatrava y no tener términos ni aldeas. Los Reyes Católicos, viendo que si el Maestre de Calatrava quedaba con Ciudad Real, podía más fácilmente acudir con su gente a juntarse con la del Rey de Portugal, que ya había entrado en Extremadura, enviaron contra él a don Diego Fernández de Córdoba, Conde de Cabra, y a don Rodrigo Manrique, Maestre de Santiago, con mucha gente de guerra.»

```
                    pero pudo derribarnos                    665
                    deste honor el hado adverso.
                    El famoso don Rodrigo
                    Téllez Girón, cuyo esfuerço
                    es en valor extremado,
                    aunque es en la edad tan tierno[201],   670
                    Maestre de Calatrava,
                    él, ensanchar pretendiendo
                    el honor de la Encomienda[202],
                    nos puso apretado cerco.
                    Con valor nos prevenimos,                675
                    a su fuerça resistiendo,
                    tanto, que arroyos corrían
                    de la sangre de los muertos.
                    Tomó possessión, en fin;
                    pero no llegara a hazerlo,               680
                    a no le dar[203] Fernán Gómez
                    orden, ayuda y consejo[204].
                    Él queda en la[205] possessión,
                    y sus[206] vassallos seremos;
                    suyos, a nuestro pesar,                  685
                    a no remediarlo presto.
REY.                ¿Dónde queda Fernán Gómez?
REGIDOR 1.º         En Fuente Ovejuna creo,
                    por ser su villa, y tener
                    en ella casa y assiento.                 690
                    Allí, con más libertad
```

---

[201] Una vez más se hace referencia a la corta edad del Maestre. Véase la nota 4.

[202] En la edición de Hartzenbusch, *el ensanche pretendiendo / y el honor de la Encomienda.*

[203] Frecuentemente en la lengua del Siglo de Oro, cuando el complemento era un pronombre personal, se colocaba antes del infinitivo y del imperativo.

[204] La insistencia en este aspecto ya ha sido sobradamente valorada. Véase en la *Introducción* lo que se dijo sobre las relaciones de Lope de Vega y el Duque de Osuna. Cfr. la nota 4.

[205] En la edición de García de la Santa, se omite el artículo.

[206] En la edición de Hartzenbusch, *tus.*

	de la que dezir podemos,	
	tiene a los súbditos suyos	
	de todo contento ajenos [207].	
REY.	¿Tenéis algún capitán?	695
REGIDOR 2.º	Señor, el no haberle es cierto,	
	pues no escapó ningún noble	
	de preso, herido o de [208] muerto.	
ISABEL.	Esse caso no requiere	
	ser de espacio remediado,	700
	que es dar al contrario osado	
	el mismo valor que adquiere;	
	y puede el de Portugal [209],	
	hallando puerta segura,	
	entrar por Extremadura	705
	y causarnos mucho mal.	
REY.	Don Manrique [210], partid luego,	
	llevando dos compañías;	
	remediad sus demasías,	
	sin darles [211] ningún sossiego.	710
	El Conde de Cabra [212] ir puede	
	con vos, que es Córdoba osado,	
	a quien nombre de soldado	
	todo el mundo le concede;	

---

[207] Aquí se produce la primera denuncia ante los reyes de los desmanes protagonizados por el Comendador que se están produciendo en Fuente Ovejuna. Obsérvese que la denuncia se presenta unida a la del hecho político de Ciudad Real; evidentemente, se trata de las dos caras de un mismo problema. (Cfr. Ribbans, art. cit.) Sin embargo, el rey se olvidará de la denuncia social y sólo adoptará medidas militares para con el problema político, de donde resulta injusta su reacción posterior de represión ante los hechos violentos ocurridos con motivo de la rebelión. Cfr. la nota 429.

[208] En la edición de Profeti, se omite la preposición.

[209] Se refiere a Alfonso V de Portugal que exigía el trono de Castilla para su mujer, Juana de Beltraneja. Al mismo rey se refieren los versos anteriores. (Cfr. el v. 637.)

[210] Se refiere al que fue Maestre de Santiago, don Rodrigo Manrique, el padre del poeta de las *Coplas,* Jorge Manrique.

[211] En las ediciones de García de la Santa y García Pavón, *darle.*

[212] Se refiere a Diego de Córdoba que era Conde de Cabra y Mariscal de Baena.

116

	que éste es el medio mejor	715
	que la ocasión nos ofrece.	
MANRIQUE.	El acuerdo me parece	
	como de tan gran valor.	
	Pondré límite a su excesso,	
	si el vivir en mí no cessa.	720
ISABEL.	Partiendo vos a la empresa,	
	seguro está el buen sucesso.	

[CAMPO DE FUENTE OVEJUNA.]

Vanse todos y salen LAURENCIA[213] *y* FRONDOSO.

LAURENCIA.	A medio torzer[214] los paños,	
	quise, atrevido Frondoso,	
	para no dar que dezir,	725
	desviarme del arroyo;	
	dezir[215] a tus demasías	
	que murmura el pueblo todo,	
	que me miras y te miro,	
	y todos nos traen sobre ojo.	730
	Y como tú eres zagal	
	de los que huellan brioso	
	y, excediendo a los demás,	
	vistes bizarro y costoso,	
	en todo el[216] lugar no hay moça	735
	o moço en el prado o soto,	
	que no se afirme diziendo	
	que ya para en uno somos[217];	

---

[213] En A₁, A₂ y B, *Laura*.

[214] En A₁ y A₂, *torcer;* en B, *torzer.*

[215] En Hartzenbusch, *diciendo.*

[216] En la edición de García de la Santa, se omite el artículo.

[217] Es un refrán muy difundido en la época y de empleo habitual en las canciones de bodas. Correas define así la frase *para en uno son los dos:* «Dicen esto cuando se desposan y da la mujer el sí, todos los presentes, y aplícase a otros conformes» (*Vocabulario de refranes,* página 382). Cfr. McCrary, art. cit., pág. 190.

	y esperan todos el día	
	que el sacristán Juan Chamorro	740
	nos eche de la tribuna[218],	
	en dexando los piporros[219].	
	Y mejor sus troxes vean	
	de rubio trigo en agosto	
	atestadas y colmadas,	745
	y sus tinajas de mosto,	
	que tal imaginación	
	me ha llegado a dar enojo:	
	ni me desvela ni aflige,	
	ni en ella el cuidado[220] pongo.	750
FRONDOSO.	Tal me tienen tus desdenes,	
	bella Laurencia, que tomo,	
	en el peligro de verte,	
	la vida, cuando te oigo.	
	Si sabes que es mi intención	755
	el dessear ser tu esposo,	
	mal premio das a mi fe.	
LAURENCIA.	Es que[221] yo no sé dar otro.	
FRONDOSO.	¿Possible es que no te duelas	
	de verme tan cuidadoso,	760
	y que, imaginando en ti,	
	ni bebo, duermo ni como?	
	¿Possible es tanto rigor	
	en esse angélico rostro?	
	¡Viven los cielos, que rabio!	765
LAURENCIA.	¡Pues salúdate[222], Frondoso!	
FRONDOSO.	Ya te pido yo salud,	
	y que ambos como palomos	

---

[218] *Tribuna,* «lugar levantado a modo de corredor en las iglesias, adonde cantan los que ofician misa y vísperas, y las demás horas» *(Cov.).*

[219] *Piporro,* instrumento musical.

[220] En A₁ y A₂, *cuidado;* en B, *descuido.*

[221] En B, como en el texto; en A₁ y A₂, por errata, *es que que yo.*

[222] *Saludar,* «curar de mal de rabia por medio del soplo, saliva, y otras ceremonias que usan» *(Dicc. de Autor.).*

	estemos, juntos los picos,	
	con arrullos sonorosos,	770
	después de darnos la Iglesia...	
LAURENCIA.	Dilo a mi tío Juan Rojo,	
	que, aunque no te quiero bien,	
	ya tengo algunos assomos [223].	
FRONDOSO.	¡Ay de mí! El señor es éste.	775
LAURENCIA.	Tirando viene a [224] algún corço.	
	¡Escóndete en essas ramas!	
FRONDOSO.	¡Y con qué celos me escondo!	

Sale el COMENDADOR.

COMENDADOR.	No es malo venir siguiendo	
	un corzillo temeroso,	780
	y topar tan bella gama [225].	
LAURENCIA.	Aquí descansaba un poco	
	de haber lavado unos paños;	
	y assí, al arroyo me torno,	
	si manda su señoría.	785
COMENDADOR.	Aquessos desdenes toscos	
	afrentan, bella Laurencia,	
	las gracias que el poderoso	
	cielo te dio, de tal suerte	
	que vienes a ser un monstro [226].	790
	Mas si otras vezes pudiste	

---

[223] Conviene llamar la atención sobre la actitud de Laurencia: antes rechazó de plano el amor que Frondoso le declaraba y ahora le da una ligerísima esperanza de aceptación. Será más tarde cuando quede enamorada del muchacho, al ver la decidida postura protectora que asume para con ella.

[224] En A₁ y A₂, *viene algún;* en B, *viene a algún.* La primera versión es la preferida por Hartzenbusch; la segunda, por Castro, Entrambasaguas, López Estrada, García de la Santa, García Pavón y Profeti.

[225] Cfr. Wardropper, art. cit., pág. 170; Herrero, art. cit., páginas 179-181.

[226] En las ediciones de Henríquez Ureña, García de la Santa, García Pavón y Entrambasaguas, *monstruo.*

```
            huir mi ruego amoroso,
            agora no quiere el campo,
            amigo secreto y solo;
            que tú sola no has de ser          795
            tan soberbia, que tu rostro
            huyas al señor que tienes,
            teniéndome a mí en tan poco.
            ¿No se rindió Sebastiana,
            mujer de Pedro Redondo,            800
            con ser casadas entrambas,
            y la de Martín del Pozo,
            habiendo apenas passado
            dos días del desposorio?
LAURENCIA.  Éssas, señor, ya tenían,           805
            de haber andado con otros,
            el camino de agradaros,
            porque también muchos moços
            merecieron sus favores.
            Id con Dios tras vuesso corço;      810
            que a no veros con la Cruz [227]
            os tuviera por demonio,
            pues tanto me perseguís.
COMENDADOR. ¡Qué estilo tan enfadoso!
            Pongo la ballesta en tierra,        815
            y a la prática [228] de manos [229]
            reduzgo [230] melindres [231].
LAURENCIA.                        ¡Cómo!
            ¿Esso hazéis? ¿Estáis en vos?
```

---

[227] Nueva referencia a la Cruz que el Comendador lleva bordada en el pecho.

[228] Simplificación del grupo consonántico culto. En la edición de Profeti, *práctica*.

[229] La rima *á-o* no es la que exige el romance en estos versos pares. Falta, por tanto, un verso, el número 816, aunque no sea preciso para el sentido.

[230] *Reduzgo* por analogía con otras formas en -go.

[231] *Melindre*, «se llama también la afectada y demasiada delicadeza en las acciones o el modo» *(Dicc. de Autor.)*.

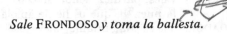

Sale FRONDOSO *y toma la ballesta.*

COMENDADOR.   *[Sin percatarse de la salida de*
                    FRONDOSO.]
                    No te defiendas.
FRONDOSO.   *[Aparte.]*
                                    Si tomo
                    la ballesta, ¡vive el cielo,   820
                    que no la ponga [232] en el hombro!
COMENDADOR.   Acaba, ríndete.
LAURENCIA.   ¡Cielos,
                    ayudadme agora!
COMENDADOR.   Solos
                    estamos; no tengas miedo.
FRONDOSO.   *[Dirigiéndose al* COMENDADOR.]
                    Comendador generoso,   825
                    dexad la moça o creed
                    que de mi agravio y enojo
                    será blanco vuestro pecho,
                    aunque la Cruz me da assombro [233].
COMENDADOR.   ¡Perro villano!
FRONDOSO.   No hay perro.   830
                    ¡Huye, Laurencia!
LAURENCIA.   Frondoso,
                    mira lo que hazes.
FRONDOSO.   ¡Vete!
                                    Vase.

COMENDADOR.   ¡Oh, mal haya el hombre loco,
                    que se desciñe la espada!
                    Que, de no espantar medroso   835
                    la caça, me la quité.

---

[232] En las ediciones de García de la Santa y García Pavón, *pongo*.
[233] Cfr. nota 227.

FRONDOSO.   Pues, pardiez, señor, si toco
                 la nuez [234], que os he de apiolar [235].
COMENDADOR.   Ya es ida; infame, alevoso,
                 suelta la ballesta luego [236].   840
                 ¡Suéltala, villano!
FRONDOSO.   ¿Cómo?
                 Que me quitaréis la vida.
                 Y advertid que amor es sordo,
                 y que no escucha palabras
                 el día que está en su trono.   845
COMENDADOR.   ¿Pues la espa[l]da [237] ha de volver
                 un hombre tan valeroso
                 a un villano? ¡Tira, infame,
                 tira, y guárdate, que rompo
                 las leyes de caballero! [238]   850
FRONDOSO.   Esso, no. Yo me conformo
                 con mi estado, y, pues me es
                 guardar la vida forçoso,
                 con la ballesta me voy.
COMENDADOR.   ¡Peligro extraño y notorio!   855
                 Mas yo tomaré vengança
                 del agravio y del estorbo.
                 ¡Que no cerrara [239] con él!
                 ¡Vive el cielo, que me corro! [240]

---

[234] *Nuez,* «en la ballesta es un hueso que tiene el tablero, en que se arma la cuerda, el cual se labra de uno que tienen los venados en la cabeza en el nacimiento de los cuernos, por ser fuerte y duro y más a propósito que otro alguno» *(Dicc. de Autor.).*

[235] *Apiolar,* «metafóricamente es prender, asir a uno y cogerle, y también matarle» *(Dicc. de Autor.).*

[236] *Luego,* inmediatamente.

[237] En A_1, A_2 y B, *espada.* Corrijo como en todas las ediciones modernas.

[238] Cfr. J. A. Maravall, *op. cit.,* caps. V y VI, págs. 57-64.

[239] *Cerrar con alguno,* «metafóricamente arremeter con denuedo y furia una persona a otra» *(Dicc. de Autor.).* «*Cerrar* con el enemigo, envestir con él; de do manó el proverbio militar: Cierra, España» *(Cov.).*

[240] *Correrse,* «vale afrentarse, porque le corre la sangre al rostro» *(Cov.).*

Acto segundo de *Fuente Ovejuna*

[PLAZA DE FUENTE OVEJUNA.]
Salen ESTEBAN *y* REGIDOR 1.º

ESTEBAN.   Assí tenga salud, como parece,   860
                   que no se [241] saque más agora el pósito [242].
                   El año apunta mal, y el tiempo crece,
                   y es mejor que el sustento esté en depósito,
                   aunque lo contradizen más de treze.
REGIDOR 1.º   Yo siempre he sido, al fin, deste
                                            [propósito,   865
                   en gobernar en paz esta república.
ESTEBAN.   Hagamos dello a Fernán Gómez súpli-
                                            [ca.
                   No se puede sufrir que estos astrólogos
                   en las cosas futuras, y ignorantes [243],
                   nos quieran persuadir con largos
                                            [prólogos   870
                   los secretos a Dios sólo importantes.
                   ¡Bueno es que, presumiendo de teólogos,
                   hagan un tiempo el que después y
                                            [antes [244]!

---

[241] En la edición dc García de la Santa, por error, *no me saque.*
[242] *Pósito,* «la casa en que se guarda la cantidad de trigo, que en las ciudades, villas y lugares se tiene de repuesto y prevención para usar de él en tiempo de necesidad y carestía» *(Dicc. de Autor.).*
[243] En las ediciones de Hartzenbusch, Entrambasaguas y A. Castro, *futuras ignorantes.*
[244] En la edición de Hartzenbusch, *el de después y antes;* lo sigue García Pavón. García de la Santa, por su parte, escribe: *en el que después y antes.* Se sobreentiende el que *será* después y *fue* antes, como aclara en una nota A. Castro.

Y pidiendo el presente lo importante,
al más sabio veréis más ignorante.   875
¿Tienen ellos las nubes en su casa
y el proceder de las celestes lumbres?
¿Por dónde ven lo que en el cielo passa,
para darnos con ello pesadumbres?
Ellos en [el] [245] sembrar nos ponen
⠀⠀⠀⠀⠀⠀⠀⠀⠀⠀⠀⠀⠀⠀[tassa: 880
daca [246] el trigo, cebada y las legumbres,
calabaças, pepinos y mostazas...
¡Ellos son, a la fe, las calabaças!
⠀⠀⠀Luego cuentan que muere una cabeça,
y después viene a ser en Trasilvania;   885
que el vino será poco, y la cerveza
sobrará por las partes de Alemania;
que se helará en Gascuña [247] la cereza,
y que habrá muchos tigres en Hircania.
Y al cabo, al cabo, se siembre o no se
⠀⠀⠀⠀⠀⠀⠀⠀⠀⠀⠀⠀⠀⠀[siembre [248],   890
el año se remata por diziembre.

⠀⠀⠀⠀⠀*Salen el licenciado* LEONELO *y* BARRILDO.

LEONELO.⠀⠀⠀⠀⠀A fe, que no ganéis la palmatoria [249],
⠀⠀⠀⠀⠀⠀⠀⠀⠀porque ya está ocupado el mentidero [250].
BARRILDO.⠀⠀⠀¿Cómo os fue en [251] Salamanca?
LEONELO.⠀⠀⠀⠀⠀⠀⠀⠀⠀⠀⠀⠀⠀⠀⠀Es larga historia.

---

[245] Adición necesaria para lograr las once sílabas del verso.
[246] *Daca*, «lo mismo que da acá, o dame acá» *(Dicc. de Autor.).*
[247] *Gascuña*, Vascuña.
[248] El verso tiene doce sílabas.
[249] El verso adquiere sentido si se tiene en cuenta que el primer estudiante que llegaba a la escuela se hacía cargo de la palmatoria para aplicar los castigos que el profesor imponía, tal como recuerda A. Castro con una frase del *Buscón*: «Ganaba la palmatoria los más de los días por venir antes» (Madrid, Cl. Castellanos, pág. 23).
[250] *Mentidero*, «el sitio o lugar donde se junta la gente ociosa a conversación» *(Dicc. de Autor.).*
[251] En la edición de García de la Santa, *por.*

BARRILDO.	Un Bártulo[252] seréis.
LEONELO.	Ni aun un barbero. 895

es, como digo, cosa muy notoria
en esta facultad lo que os refiero.

BARRILDO.	Sin duda que venís buen estudiante.
LEONELO.	Saber he procurado lo importante.
BARRILDO.	Después que vemos tanto libro

[impresso,   900
no hay nadie que de sabio no presuma.

LEONELO.   Antes que ignoran más, siento por esso,
por no se reduzir a breve suma,
porque la confusión, con el excesso,
los intentos resuelve en vana

[espuma;   905
y aquel que de leer tiene más uso,
de ver letreros sólo está confuso.

No niego yo que de[253] imprimir el arte
mil ingenios sacó de entre la xerga[254],
y que parece que en sagrada parte   910
sus obras guarda y contra el tiempo

[alberga;
éste las destribuye[255] y las reparte.
Débese esta invención a Gutemberga[256],
un famoso tudesco de Maguncia,
en quien la fama su valor renuncia.   915

---

252 *Bártulo:* fue un famoso jurista del siglo XIV, llamado en realidad
Bartolo da Sassoferrato. Cfr. Alan Soons, en la reseña a la edición de
López Estrada, en *Hispanic Review,* XLI, 1973.

253 En A₁, A₂ y B, *del,* de modo que el verso sobrepasa las once
sílabas. Todos los editores modernos, salvo Hartzenbusch, corrigen *de.*

254 *Jerga:* «se toma también por lo mismo que jerigonza y así se dice
habla en jerga» *(Dicc. de Autor.).* López Estrada toma esta acepción del
Diccionario de Corominas. Profeti prefiere la de «tela gruesa y rústica»,
tal y como aparece también en el *Diccionario de Autoridades,* de modo
que el texto vendría a decir: «el arte de imprimir sacó mil ingenios de
entre rústicos.»

255 *Destribuye,* alteración del timbre vocálico que no respetan
A. Castro, Entrambasaguas, García de la Santa ni García Pavón.

256 En A₁, *Gutemberga;* en A₂, parece decir *Cutemberga* como
en B. García de la Santa transcribe *Butemberga.*

Mas muchos que opinión tuvieron
[grave,
por imprimir sus obras la perdieron;
tras esto, con el nombre del que sabe,
muchos sus ignorancias imprimieron.
Otros, en quien la baxa envidia cabe, 920
sus locos desatinos escribieron,
y con [257] nombre de aquel que aborrecían,
impressos por el mundo los envían [258].

BARRILDO.   No soy de essa [259] opinión.
LEONELO.   El ignorante
es justo que se vengue del letrado. 925
BARRILDO.   Leonelo, la impressión es importante.
LEONELO.   Sin ella muchos siglos se han passado,
y no vemos que en éste se levante
un Jerónimo santo, un Agustino [260].
BARRILDO.   Dexaldo [261] y assentaos, que estáis
[mohíno. 930

Sale[n] [262] JUAN ROJO *y otro* LABRADOR.

JUAN [ROJO].   No hay en cuatro haziendas para un
[dote,
si es que las vistas han de ser al uso;
que el hombre que es curioso es bien
[que note

---

[257] En la edición de García de la Santa, *con el nombre.*

[258] Lope parece lamentarse, por boca de Leonelo, del oportunismo con que los editores desaprensivos publicaron obras que le eran atribuidas: se trataba de auténticos disparates escritos por otros escritores menos aptos.

[259] En A₁ y A₂, *dessa;* en B, *de essa.*

[260] En A₁ y A₂, *Agustino;* en B, *Augustino.* Entre este verso y el anterior falta otro para completar la estructura métrica de la octava.

[261] En A₁ y A₂, *dexadlo;* en B, *dexaldo.* A. Castro, Entrambasaguas, López Estrada, García Pavón, García de la Santa y Profeti prefieren la primera; aquí reproduzco la segunda por existir muchas metátesis de este tipo en la comedia.

[262] En A₁, A₂ y B, *sale.*

126

	que en esto el barrio y [263] vulgo anda	
	[confuso.	
LABRADOR.	¿Qué hay del Comendador? ¡No os	
	[alborote!	935
JUAN [ROJO].	¡Cuál a Laurencia en esse campo puso!	
LABRADOR.	¿Quién fue cual él tan bárbaro y lascivo?	
	Colgado le [264] vea yo de [265] aquel olivo [266].	

Salen el COMENDADOR, ORTUÑO *y* FLORES.

COMENDADOR.	Dios guarde [267] la buena gente.	
REGIDOR.	¡Oh, señor!	
COMENDADOR.	¡Por vida mía,	940
	que se estén!	
ALCALDE	Vusiñoría[268],	
	adonde suele se siente,	
	que en pie estaremos muy bien.	
COMENDADOR.	¡Digo que se han de sentar!	
ESTEBAN.	De los buenos es honrar,	945
	que no es possible que den	
	honra los que no la tienen.	
COMENDADOR.	Siéntense; hablaremos algo.	
ESTEBAN.	¿Vio vusiñoría el galgo?	
COMENDADOR.	Alcalde, espantados vienen	950
	essos criados de ver	
	tan notable ligereza.	
ESTEBAN.	Es una extremada pieça.	
	Pardiez, que puede correr	
	a un [269] lado de un delincuente	955
	o de un cobarde, en quistión.	

---

[263] En la edición de García de la Santa, *y el vulgo.*
[264] En A$_1$ y A$_2$, *le;* en B, *la.*
[265] En la edición de López Estrada, *del.*
[266] En la edición de García de la Santa, falta todo el verso.
[267] Complemento directo personal sin preposición. Cfr. la nota 29.
[268] *Vusiñoría,* vuesa señoría.
[269] En las ediciones de A. Castro, García de la Santa, García Pavón, Henríquez Ureña y Entrambasaguas, *al lado de.*

COMENDADOR. Quisiera en esta ocasión
            que le hiziérades pariente [270],
            a una liebre que por pies,
            por momentos se me va [271].   960
ESTEBAN.   Sí haré, par[272] Dios. ¿Dónde está?
COMENDADOR. Allá; vuestra hija es.
ESTEBAN.   ¿Mi hija?
COMENDADOR.   Sí.
ESTEBAN.   Pues ¿es buena
            para alcançada de vos? [273]
COMENDADOR. Reñilda [274], alcalde, por Dios   965
ESTEBAN.   ¿Cómo?
COMENDADOR.   Ha dado en darme pena.
            Mujer hay, y principal,
            de alguno que está en la [275] plaça,
            que dio, a la primera traça,
            traça de verme.
ESTEBAN.   Hizo mal;   970
            y vos, señor, no andáis bien
            en hablar tan libremente.
COMENDADOR. ¡Oh, qué villano elocuente!
            ¡Ah, Flores!, haz que le den
            la *Política* [276], en que lea,   975
            de Aristóteles.
ESTEBAN.   Señor,
            debaxo de vuestro honor
            vivir el pueblo dessea.

Hiziérades pariente: «juntar, reunir», según nota de A. Castro.
En la edición de Hartzenbusch, *que le echarais diligente.*

[271] La liebre es un símbolo medieval del órgano sexual femenino, según Raymond E. Barbera, «An Instance of Medieval iconography in
Fuenteovejuna», en *Romance Notes,* X, 1968, págs. 160-162.

[272] En las ediciones de Henríquez Ureña, Entrambasaguas y García
de la Santa, *por.*

[273] En la edición de García de la Santa, *por vos.* La pregunta lleva
implícita la condena del mal amor del Comendador, ya que el noble sólo podía fijarse en mujeres de su condición.

[274] *Reñilda* por metátesis de *reñidla.*

[275] En la edición de Profeti, se omite el artículo.

[276] Se refiere al libro de Aristóteles que llevaba ese título.

128

	Mirad que en Fuente Ovejuna	
	<u>hay gente muy principal.</u>	980
LEONELO.	*[Aparte.]*	
	¿Viose desvergüença igual?	
COMENDADOR.	Pues ¿he dicho cosa alguna	
	de que os pese, Regidor?	
REGIDOR.	Lo que dezís es injusto;	
	no lo digáis, que no es justo	985
	<u>que nos quitéis el honor</u> [277].	
COMENDADOR.	¿Vosotros honor tenéis?	
	¡Qué freiles de Calatrava! [278]	
REGIDOR [279].	Alguno acaso se alaba	
	de la Cruz que le ponéis,	990
	que no es de sangre tan limpia.	
COMENDADOR.	¿Y ensúziola yo juntando	
	la mía a la vuestra?	
REGIDOR.	Cuando	
	que [280] el mal más tiñe que alim-	
	[pia [281].	
COMENDADOR.	De cualquier suerte que sea,	995
	vuestras mujeres se honran.	
ALCALDE	Essas palabras deshonran [282];	
	las obras [283] no hay quien las crea.	
COMENDADOR.	¡Qué cansado villanaje!	
	¡Ah! Bien hayan las ciudades	1000

---

[277] El regidor, como portavoz del pueblo, recuerda al Comendador sus obligaciones, que son las de proteger y honrar a sus villanos.

[278] El honor era patrimonio de los nobles y, por tanto, de los caballeros de las distintas Órdenes Militares, que tenían dicho tratamiento como ya se dijo.

[279] En la edición de López Estrada, el parlamento se le atribuye a Esteban.

[280] *Cuando que,* puesto que.

[281] *Alimpia,* con *a* protética frecuente en el habla rústica. En la edición de Hartzenbusch, *es mal, más tiñe que alimpia.*

[282] En A₁, A₂ y B, *les honran,* lo cual no tiene mucho sentido. Las ediciones modernas escriben *deshonran.*

[283] A. Castro lo modificó: *otras;* la corrección ha sido seguida por García de la Santa, García Pavón y Entrambasaguas. No parece plausible hacerlo, pues se rompe la relación *palabras-obras.*

	que a hombres de calidades	
	no hay quien sus gustos ataje.	
	Allá se precian casados	
	que visiten sus mujeres[284].	
ESTEBAN.	No harán, que con esto quieres	1005
	que vivamos descuidados.	
	En las ciudades hay Dios	
	y más presto quien castiga.	
COMENDADOR.	¡Levantaos de aquí!	
ALCALDE	¡Que diga	
	lo que escucháis por los dos!	1010
COMENDADOR.	¡Salí[285] de la plaça luego!	
	No quede ninguno aquí.	
ESTEBAN.	Ya nos vamos.	
COMENDADOR.	¡Pues no ansí!	
FLORES.	Que te reportes te ruego.	
COMENDADOR.	¡Querrían hazer corrillo[286]	1015
	los villanos en mi ausencia!	
ORTUÑO.	Ten un poco de paciencia.	
COMENDADOR.	De tanta me maravillo.	
	Cada uno de por sí	
	se vayan[287] hasta sus casas.	1020
LEONELO.	*[Aparte.]*	
	¡Cielo![288] ¿Que por esto passas?	
ESTEBAN.	Ya yo[289] me voy por aquí.	
	Vanse [los labradores.]	
COMENDADOR.	¿Qué os parece desta gente?	
ORTUÑO.	No sabes[290] dissimular	

---

284 Complemento directo personal sin la preposición *a*. Cfr. nota 29.

285 Imperativo del verbo salir.

286 *Corrillo,* «la junta que se hace de pocos, pero para cosas perjudiciales; en éstos se hallan los murmuradores, los maldicientes, los cizañosos» *(Cov.).*

287 No hay concordancia entre el sujeto y el verbo.

288 En A₁ y A₂, *cielo;* en B, *cielos.* Siguen la lectura de A, A. Castro, Entrambasaguas, García de la Santa, García Pavón, Henríquez Ureña y Profeti; López Estrada, en cambio, prefiere B.

289 En las ediciones de García de la Santa y García Pavón, por error, transcriben *yo ya.*

290 En la edición de Hartzenbusch, *saben.*

	que no quieres [291] escuchar	1025
	el disgusto que se siente.	
COMENDADOR.	¿Éstos se igualan conmigo?	
FLORES.	Que no es aquesso igualarse.	
COMENDADOR.	Y el villano ¿ha de quedarse	
	con ballesta y sin castigo?	1030
FLORES.	Anoche pensé que estaba	
	a la puerta de Laurencia;	
	y a otro, que su presencia	
	y su capilla imitaba,	
	de oreja a oreja le di	1035
	un beneficio famoso.	
COMENDADOR.	¿Dónde estará aquel Frondoso?	
FLORES.	Dizen que anda por ahí.	
COMENDADOR.	¿Por ahí se atreve a andar	
	hombre que matarme quiso?	1040
FLORES.	Como el ave sin aviso,	
	o como el pez, viene a dar	
	al reclamo o al anzuelo.	
COMENDADOR.	¡Que a un capitán cuya espada	
	tiemblan Córdoba y Granada,	1045
	un labrador, un moçuelo	
	ponga una ballesta al pecho!	
	El mundo se acaba, Flores.	
FLORES.	Como esso pueden amores.	
	Y pues que vives, sospecho	1050
	que grande amistad le debes [292].	
COMENDADOR.	Yo he dissimulado, Ortuño,	
	que si no, de punta a puño,	
	antes de dos horas breves	
	passara todo el lugar;	1055
	que hasta que llegue ocasión	

---

[291] En A_1, A_2 y B, *quieren*. Profeti lo respeta. Corrijo *quieres*.

[292] En las ediciones de Hartzenbusch, A. Castro, Entrambasaguas, García de la Santa, Henríquez Ureña y García Pavón atribuyen los versos 1050 y 1051 a Ortuño, pues después el Comendador, al responder a estas palabras, utiliza el vocativo Ortuño.

	al freno de la razón	
	hago la vengança estar.	
	¿Qué hay de Pascuala?	
FLORES.	Responde	
	que anda agora por casarse.	1060
COMENDADOR.	Hasta allá quiere fiarse...	
FLORES.	En fin, te remite donde	
	te pagarán de contado [293].	
COMENDADOR.	¿Qué hay de Olalla?	
ORTUÑO.	Una graciosa	
	respuesta.	
COMENDADOR.	Es moça briosa.	1065
	¿Cómo?	
ORTUÑO.	Que su desposado	
	anda tras ella estos días	
	celoso de mis recados,	
	y de que con tus criados	
	a visitalla venías;	1070
	pero que, si se descuida,	
	entrarás como primero.	
COMENDADOR.	¡Bueno, a fe de caballero!	
	Pero el villanejo cuida...	
ORTUÑO.	Cuida, y anda por los aires.	1075
COMENDADOR.	¿Qué hay de Inés?	
FLORES.	¿Cuál?	
COMENDADOR.	La de Antón.	
FLORES.	Para cualquier ocasión	
	te [294] ha ofrecido sus donaires.	
	Habléla por el corral,	
	por donde has de entrar si quieres.	1080
COMENDADOR.	A las fáciles mujeres	
	quiero bien y pago mal.	
	Si éstas supiessen, oh Flores,	
	estimarse en lo que valen...	

---

[293] *Al contado,* al punto. Se emplea este término comercial en correspondencia con el *fiarse* de dos versos más arriba.

[294] En las ediciones de A. Castro, Entrambasaguas, García de la Santa, García Pavón y Henríquez Ureña, se transcribe *ya.*

FLORES.	No hay disgustos que se igualen	1085
	a contrastar sus favores.	
	Rendirse presto desdize	
	de la esperança del bien;	
	mas hay mujeres también,	
	[y] el filósofo [lo] dize[295],	1090
	que apetecen a los hombres	
	como la forma dessea	
	la materia[296]; y que esto sea	
	assí, no hay de que te assombres.	
COMENDADOR.	Un hombre de amores loco	1095
	huélgase que a su acidente[297]	
	se le rindan fácilmente,	
	mas después las tiene en poco;	
	y el camino de olvidar	
	al hombre más obligado	1100
	es haber poco costado	
	lo que pudo dessear.	

Sale CIMBRANOS, SOLDADO.

SOLDADO.	¿Está aquí el Comendador?[298]	
ORTUÑO.	¿No le ves en tu presencia?	
SOLDADO.	¡Oh, gallardo Fernán Gómez!	1105
	Trueca la verde montera	

---

[295] En A₁, A₂ y B, *porque el filósofo dize.* López Estrada modifica el verso: *[y] el filósofo [lo] dice.* Aristóteles era nombrado como el filósofo por excelencia. La cita es muy conocida, y había aparecido ya en *La Celestina:* «¿No has leído el filósofo do dice: Así como la materia apetece a la forma, así la mujer al varón?»

[296] Cfr. Peter N. Dunn, «Materia la mujer, el hombre forma»: Notes on the Development of a Lopean topos», en el *Homenaje a William L. Fichter,* ya citado, págs. 189-200.

[297] En A₁ y A₂, *accidente;* en B, *acidente.* Prefiero esta segunda versión debido a que existen otros muchos casos en la comedia de simplificación del grupo consonántico.

[298] De nuevo se recurre al romance para el relato de sucesos ocurridos fuera de la escena. Cfr. la nota 18.

```
                    en el blanco ²⁹⁹ morrión ³⁰⁰,
                    y el gabán en armas nuevas,
                    que el Maestre de Santiago
                    y el Conde de Cabra cercan        1110
                    a don Rodrigo Girón,
                    por la castellana Reina,
                    en Ciudad Real; de suerte
                    que no es mucho que se pierda
                    lo que en Calatrava sabes          1115
                    que tanta sangre le cuesta.
                    Ya divisan con las luzes,
                    desde las altas almenas,
                    los castillos y leones
                    y barras aragonesas.               1120
                    Y aunque el Rey de Portugal
                    honrar a Girón quisiera,
                    no hará poco en que el Maestre
                    a Almagro con vida vuelva.
                    Ponte a caballo, señor,            1125
                    que sólo con que te vean,
                    se volverán a Castilla.
COMENDADOR.         No prosigas; tente, espera.
                    Haz, Ortuño, que en la plaça
                    toquen luego una trompeta.         1130
                    ¿Qué soldados tengo aquí?
ORTUÑO.             Pienso que tienes cincuenta.
COMENDADOR.         Pónganse a caballo todos.
SOLDADO.            Si no caminas apriessa,
                    Ciudad Real es del Rey.            1135
COMENDADOR.         No hayas miedo que lo sea.
                    [Vanse]
```

---

²⁹⁹ En la edición de García de la Santa, por error, *blando*.

³⁰⁰ Cfr. la nota 155. *Morrión,* con diéresis para lograr las ocho síla-bas del verso.

[CAMPO DE FUENTE OVEJUNA.]

Salen MENGO *y* LAURENCIA *y* PASCUALA, *huyendo*.

PASCUALA.   No te apartes de nosotras.
MENGO.   Pues ¿aquí tenéis temor? [301]
LAURENCIA.   Mengo, a la villa es mejor
              que vamos [302] unas con otras,   1140
                   pues que no hay hombre nin-
                                        [guno,
              porque no demos con él.
MENGO.   ¡Que este demonio cruel
              nos [303] sea tan importuno!
LAURENCIA.   No nos dexa a sol ni a sombra. 1145
MENGO.   ¡Oh, rayo del cielo baxe
              que sus locuras ataje!
LAURENCIA.   Sangrienta fiera le nombra,
                   arsénico y pestilencia
              del lugar.
MENGO.   Hanme contado   1150
              que Frondoso, aquí, en el prado,
              para librarte, Laurencia,
                   le puso al pecho una jara [304].
LAURENCIA.   Los hombres aborrecía,
              Mengo; mas desde aquel día   1155
              los miro con otra cara [305].
                   ¡Gran valor tuvo Frondoso!
              Pienso que le ha de costar
              la vida.

---

[301] En A₁ y A₂, *pues ¿aquí tenéis temor?;* en B, por error, *pues aquí
tenéis aquí temor?* A Castro, Entrambasaguas, Henríquez Ureña,
García de la Santa y García Pavón escriben *pues, ¿a qué tenéis temor?*
[302] *Vamos* es aquí la forma sincopada de *vayamos.*
[303] En las ediciones de García de la Santa y García Pavón, *no.*
[304] *Jara,* «es una especie de saeta que se tira con la ballesta» *(Cov.).*
[305] Laurencia confiesa que quedó enamorada ante la enérgica actitud protectora de Frondoso. Laurencia no es como las demás mujeres
enamoradizas del teatro de Lope.

MENGO.	Que del lugar
	se vaya, será forçoso. 1160
LAURENCIA.	Aunque ya le quiero bien,
	esso mismo le aconsejo;
	mas recibe mi consejo
	con ira, rabia y desdén;
	y jura el Comendador 1165
	que le ha de colgar de un pie.
PASCUALA.	¡Mal garrotillo le dé!
MENGO.	Mala pedrada es mejor.
	¡Voto al sol[306], si le tirara
	con la[307] que llevo al apero, 1170
	que al sonar el cruxidero[308],
	al casco se la encaxara!
	No fue Sábalo[309], el romano,
	tan vicioso por jamás.
LAURENCIA.	Heliogábalo dirás, 1175
	más que una fiera inhumano.
MENGO.	Pero Galván, o quién fue,
	que yo no entiendo de historia,
	mas[310] su cativa memoria
	vencida deste se ve. 1180
	¿Hay hombre en naturaleza
	como Fernán Gómez?
PASCUALA.	No,
	que parece que le dio
	de una tigre la aspereza.

Sale JACINTA

JACINTA.	¡Dadme socorro, por Dios, 1185
	si la amistad os obliga!

[306] Cfr. la nota 56.

[307] Se sobreentiende «la honda».

[308] *Cruxidero,* crujido de las cuerdas de la honda al dejar libre la piedra.

[309] Mengo modifica cómicamente el nombre de Heliogábalo en Sábalo.

[310] En la edición de García de la Santa, por error, *has.*

136

LAURENCIA.	¿Qué es esto, Jacinta, amiga?
PASCUALA.	Tuyas lo somos las dos.
JACINTA.	Del Comendador criados,

que van a Ciudad Real   1190
más de infamia natural
que de noble azero armados,
me quieren llevar a[311] él.

LAURENCIA. Pues, Jacinta, Dios te libre,
que cuando contigo es libre,   1195
conmigo será cruel.
Vase.

PASCUALA. Jacinta, yo no soy hombre
que te puedo defender.
Vase.

MENGO. Yo sí lo tengo de ser,
porque tengo el ser y el nombre. 1200
Llégate, Jacinta, a mí.

JACINTA. ¿Tienes armas?

MENGO.   Las primeras
del mundo.

JACINTA.   ¡Oh, si las tuvieras!

MENGO. Piedras hay, Jacinta, aquí.

Salen FLORES *y* ORTUÑO[312].

FLORES. ¿Por los pies pensabas irte?   1205

JACINTA. Mengo, ¡muerta soy!

MENGO.   Señores,
¿a estas pobres labradoras...?

ORTUÑO. Pues ¿tú quieres persuadirte
a defender[313] la mujer?

MENGO. Con los ruegos la defiendo,   1210
que soy su deudo y pretendo
guardalla, si puede ser.

---

[311] García de la Santa escribe erróneamente *con.*
[312] En A₁, A₂ y B, *Ortun.*
[313] Complemento directo personal sin la preposición *a.* Cfr. la nota 29.

FLORES.	Quitalde luego la vida.
MENGO.	¡Voto al sol[314], si me emberrincho
	y el cáñamo[315] me descincho, 1215
	que la llevéis bien vendida!

Salen el COMENDADOR *y* CIMBRANOS.

COMENDADOR.	¿Qué es esso? ¿A cosas tan viles
	me habéis de hazer apear?
FLORES.	Gente deste vil lugar,
	que ya es razón que aniquiles 1220
	pues en nada te da gusto,
	a nuestras armas se atreve.
MENGO.	Señor, si piedad os mueve
	de socesso[316] tan injusto,
	castigad[317] estos soldados, 1225
	que con vuestro nombre agora
	roban una labradora
	[a] esposo[318] y padres honrados;
	y dadme licencia a mí
	que se la pueda llevar. 1230
COMENDADOR.	Licencia les quiero dar...
	para vengarse de ti.
	¡Suelta la honda!
MENGO.	¡Señor!...
COMENDADOR.	Flores, Ortuño, Cimbranos,
	con ella le atad las manos. 1235
MENGO.	¿Assí volvéis por su honor?
COMENDADOR.	¿Qué piensan Fuente Ovejuna
	y sus villanos de mí?
MENGO.	Señor, ¿en qué os ofendí,
	ni el pueblo, en cosa ninguna? 1240

---

[314] Cfr. la nota 56.

[315] Se refiere al *cáñamo* de la honda.

[316] Modificación del timbre vocálico muy frecuente en el habla vulgar de la época.

[317] Complemento directo personal sin la preposición *a*. Cfr. la nota 29.

[318] En la edición de Profeti, *esposos*.

FLORES.	¿Ha de morir?
COMENDADOR.	No ensuziéis

las armas que habéis de honrar
en otro mejor lugar.

ORTUÑO.	¿Qué mandas?
COMENDADOR.	Que lo açotéis.

Llevalde[319], y en esse roble   1245
le atad y le desnudad,
y con las riendas...

MENGO.	¡Piedad!

¡Piedad, pues sois hombre noble![320]

COMENDADOR.	... açotalde[321] hasta que salten

los hierros de las correas.   1250

MENGO.	¡Cielos! ¿A hazañas tan feas

queréis que castigos falten?
Vanse.

COMENDADOR.	Tú, villana, ¿por qué huyes?

¿Es mejor un labrador
que un hombre de mi valor?   1255

JACINTA.	¡Harto bien me restituyes

el honor que me han quitado
en llevarme para ti![322]

COMENDADOR.	¿En quererte llevar?
JACINTA.	Sí,

porque tengo un padre honrado,   1260
que si en alto nacimiento
no te iguala, en las costumbres
te vence[323].

---

[319] Metátesis: *llevadle.*

[320] El villano recuerda al Comendador sus obligaciones que incumple sistemáticamente. El noble debía reunir, entre otras virtudes, la de un estricto sentido de la justicia y de la piedad.

[321] Otra vez la metátesis en la forma de imperativo.

[322] Jacinta recrimina irónicamente el mal comportamiento del noble. Obsérvese que en estas secuencias se están intensificando las trasgresiones del Comendador al orden social, sobre todo en cuanto que quebranta el imperativo de honrar a los vasallos.

[323] Jacinta defiende el concepto de honra horizontal, esto es, la que deriva del buen comportamiento. Cfr. G. Correa, «El doble aspecto de

COMENDADOR.	Las pesadumbres
	y el villano atrevimiento
	no tiemplan bien [324] un airado. 1265
	¡Tira por ahí!
JACINTA.	¿Con quién?
COMENDADOR.	Conmigo.
JACINTA.	Míralo bien.
COMENDADOR.	Para tu mal lo he mirado.
	Ya no mía, del bagaje [325]
	del exército has de ser. 1270
JACINTA.	No tiene el mundo poder
	para hazerme, viva, ultraje.
COMENDADOR.	Ea, villana, camina.
JACINTA.	¡Piedad, señor!
COMENDADOR.	No hay piedad.
JACINTA.	Apelo de tu crueldad 1275
	a la justicia divina.

Llévanla y vanse, y salen LAURENCIA *y* FRONDOSO.

LAURENCIA.	¿Cómo assí a venir te atreves,
	sin temer tu daño?
FRONDOSO.	Ha sido
	dar testimonio cumplido
	de la afición que me debes. 1280
	Desde aquel recuesto vi
	salir al Comendador,
	y, fiado en tu valor,
	todo mi temor perdí.
	¡Vaya donde no le vean 1285
	volver!

la honra en el teatro del siglo XVII», en *Hispanic Review,* XXVI, 1958, páginas 99-107.

[324] Complemento directo personal sin la preposición *a.* Cfr. la nota 29.

[325] *Bagaje,* «vocablo castrense; significa todo aquello que es necesario para el servicio del ejército, así de ropas como de vituallas, armas escusadas y máquinas» *(Cov.).*

LAURENCIA.	Tente en maldezir,
	porque suele más vivir
	al que la muerte dessean.
FRONDOSO.	Si es esso, viva mil años,
	y assí se hará todo bien,	1290
	pues desseándole bien,
	estarán ciertos sus daños.
	Laurencia, desseo saber
	si vive en ti mi cuidado,
	y si mi lealtad ha hallado	1295
	el puerto de merecer.
	Mira que toda la villa
	ya para en uno[326] nos tiene;
	y de cómo a ser no viene,
	la villa se maravilla.	1300
	Los desdeñosos extremos
	dexa, y responde no o sí.
LAURENCIA.	Pues a la villa y a ti
	respondo que lo seremos.
FRONDOSO.	Dexa que tus plantas bese	1305
	por la merced recebida[327],
	pues el cobrar nueva vida
	por ella es bien que confiesse.
LAURENCIA.	De cumplimientos acorta,
	y, para que mejor cuadre,	1310
	habla, Frondoso, a mi padre,
	pues[328] es lo que más importa,
	que allí viene con mi tío;
	y fía que ha de tener
	ser, Frondoso, tu mujer,	1315
	¡buen sucesso!
FRONDOSO.	¡En Dios confío!
	Escónde[n]se.

---

[326] Cfr. la nota 217.
[327] Modificación del timbre vocálico que no respetan A. Castro, Entrambasaguas, García de la Santa ni García Pavón.
[328] García de la Santa escribe *que*.

141

Salen ESTEBAN, *alcalde, y el* REGIDOR.

ALCALDE   Fue su término de modo
que la plaça alborotó.
En efeto [329], procedió
muy descomedido en todo.   1320
     No hay a quien admiración
sus demasías no den.
La pobre Jacinta es quien
pierde por su sinrazón.

REGIDOR.   Ya [a] los Católicos Reyes,   1325
que este nombre les dan ya,
presto España les dará
la obediencia de sus leyes.
     Ya sobre Ciudad Real,
contra el Girón que la tiene,   1330
Santiago a caballo viene
por capitán general.
     Pésame, que era Jacinta
donzella de buena pro.

ALCALDE   ¿Luego a Mengo le açotó?   1335

REGIDOR.   No hay negra bayeta o tinta
como sus carnes están.

ALCALDE   Callad, que me siento arder,
viendo su mal proceder,
y el mal nombre que le dan.   1340
     Yo ¿para qué traigo aquí
este palo [330] sin provecho?

REGIDOR.   Si sus criados lo han hecho,
¿de qué os afligís ansí?

ALCALDE   ¿Queréis más que me contaron   1345
que a la de Pedro Redondo

---

[329] Simplificación del grupo consonántico culto que Profeti no respeta.

[330] El alcalde se refiere al bastón de mando que simboliza su autoridad.

un día, que en lo más hondo
deste valle la encontraron,
    después de sus insolencias,
a sus criados la dio?   1350

REGIDOR.   Aquí hay gente. ¿Quién es?
FRONDOSO.   Yo,
que espero vuestras licencias.

REGIDOR.   Para mi casa, Frondoso,
licencia no es menester;
debes a tu padre el ser,   1355
y a mí otro ser amoroso.
    Hete criado, y te quiero
como a hijo.

FRONDOSO.   Pues, señor,
fiado en aquesse amor,
de ti una merced espero.   1360
    Ya sabes de quién soy hijo.

ESTEBAN   ¿Hate agraviado esse loco
de Fernán Gómez?

FRONDOSO.   No poco.

ESTEBAN   El coraçón me lo dixo.

FRONDOSO   Pues, señor, con el seguro   1365
del amor que habéis mostrado,
de Laurencia enamorado,
el ser su esposo procuro.
    Perdona si en el pedir
mi lengua se ha adelantado,   1370
que he sido en dezirlo osado,
como otro lo ha de dezir.

ESTEBAN   Vienes, Frondoso, a ocasión
que me alargarás la vida,
por la cosa más temida   1375
que siente mi coraçón.
    Agradezco, hijo, al cielo
que assí vuelvas por mi honor,
y agradézcole a tu amor
la limpieza de tu zelo.   1380
    Mas, como es justo, es razón
dar cuenta a tu padre desto;

143

	sólo digo que estoy presto,	
	en sabiendo su intención;	
	que yo dichoso me hallo	1385
	en que aquesso llegue a ser.	
REGIDOR 1.º	De la moça el parecer	
	tomad, antes de acetallo [331].	
ALCALDE	No tengáis desso cuidado,	
	que ya el caso está dispuesto:	1390
	antes de venir a esto,	
	entre ellos se ha concertado.	
	En el dote, si advertís,	
	se puede agora tratar,	
	que por bien os pienso dar	1395
	algunos maravedís.	
FRONDOSO.	Yo dote no he menester;	
	desso no hay que entristeceros.	
REGIDOR.	Pues que no la pide en cueros	
	lo podéis agradecer.	1400
ESTEBAN	Tomaré el parecer della [332],	
	si os parece será bien.	
FRONDOSO.	Justo es, que no haze bien	
	quien los gustos atropella.	
ESTEBAN	¡Hija! ¡Laurencia!	
LAURENCIA.	Señor.	1405
ESTEBAN	Mirad si digo bien yo.	
	¡Ved qué presto respondió!	
	Hija, Laurencia, mi amor,	
	a preguntarte ha venido...	
	(apártate aquí)... si es bien	1410
	que a Gila, tu amiga, den	
	a Frondoso por marido,	
	que es un honrado zagal,	
	si le hay en Fuente Ovejuna.	
LAURENCIA.	¿Gila se casa?	
ESTEBAN	Y si alguna	1415
	le merece y es su igual...	

---

331 Simplificación del grupo consonántico culto.
332 En la edición de Hartzenbusch, *tomar el parecer de ella.*

LAURENCIA.	Yo digo, señor, que sí.
ESTEBAN	Sí; mas yo digo que es fea
	y que harto mejor se emplea
	Frondoso, Laurencia, en ti.	1420
LAURENCIA.	¿Aún no se te han olvidado
	los donaires con la edad?
ESTEBAN	¿Quiéresle tú?
LAURENCIA.	Voluntad
	le he tenido y le he cobrado,
	pero por lo que tú sabes.	1425
ESTEBAN	¿Quiéres tú que diga sí?
LAURENCIA.	Dilo tú, señor, por mí.
ESTEBAN	¿Yo? ¿Pues tengo yo las llaves?
	Hecho está. Ven, buscaremos
	a mi compadre en la plaça.	1430
REGIDOR.	Vamos.
ESTEBAN	Hijo, y en la traça
	del dote, ¿qué le diremos?
	Que yo bien te puedo dar
	cuatro mil maravedís.
FRONDOSO.	Señor, ¿esso me dezís?	1435
	¡Mi honor queréis agraviar!
ESTEBAN	Anda, hijo, que esso es
	cosa que passa en un día;
	que si no hay dote, a fe mía,
	que se echa menos después.	1440

Vanse, y queda[n] FRONDOSO *y* LAURENCIA.

LAURENCIA.	Di, Frondoso, ¿estás contento?
FRONDOSO.	¡Cómo si lo estoy! ¡Es poco,
	pues que no me vuelvo loco
	de gozo, del bien que siento!
	Risa vierte el coraçón	1445
	por los ojos de alegría,
	viéndote, Laurencia mía,
	en tan dulce possessión.
	Vanse.

Salen el MAESTRE, *el* COMENDADOR, FLORES
y ORTUÑO.

COMENDADOR.   Huye, señor, que no hay otro
                              [remedio.
MAESTRE.   La flaqueza del muro [333] lo ha
                                      [causado,   1450
                      y el poderoso exército enemigo.
COMENDADOR.   Sangre les cuesta y infinitas vidas.
MAESTRE.   Y no se alabarán que en sus despojos
                      pondrán nuestro pendón de Calatrava,
                      que a honrar su empresa y los [334] demás
                                              [bastaba.   1455
COMENDADOR.   Tus desinios, Girón, quedan perdidos.
MAESTRE.   ¿Qué puedo hazer, si la fortuna ciega
                      a quien hoy levantó, mañana humilla?
Dentro.   ¡Vitoria [335] por los Reyes de Castilla!
MAESTRE.   Ya coronan de [336] luzes las alme-
                                              [nas,   1460
                      y las ventanas de las torres altas
                      entoldan con pendones vitoriosos.
COMENDADOR.   Bien pudieran de sangre que les cuesta.
                      A fe, que es más tragedia que no fiesta.
MAESTRE.   Yo vuelvo a Calatrava, Fernán
                                              [Gómez.   1465
COMENDADOR.   Y yo a Fuente Ovejuna, mientras
                                              [tratas
                      o seguir esta parte de tus deudos,
                      o reduzir la tuya al Rey Católico.
MAESTRE.   Yo te diré por cartas lo que intento.
COMENDADOR.   El tiempo ha de enseñarte.

---

[333] Se refiere a la flaqueza del muro que cercaba la ciudad, construido con tierra apisonada. Lope de Vega toma el dato de la *Chrónica* que le sirvió de fuente: «No es pueblo de fortaleza ni castillo, sino solamente cercado de una ruin cerca.»
[334] En la edición de García de la Santa, *a los.*
[335] Simplificación del grupo consonántico culto. Igual ocurre cuatro versos más abajo.
[336] En la edición de García de la Santa, *las.*

146

MAESTRE.   ¡Ah, pocos años,   1470
                  sujetos al rigor de sus engaños¡ [337]

[CASA DE ESTEBAN]
Sale la boda, MÚSICOS, MENGO, FRONDOSO, LAURENCIA,
PASCUALA, BARRILDO, ESTEBAN, ALCALDE,
[y JUAN ROXO] [338].

MÚSICOS.   *¡Vivan muchos años*
                  los desposados!
                  ¡Vivan muchos años!
MENGO.   A fe, que no os ha costado   1475
                  mucho trabajo el cantar.
BARRILDO.   ¿Supiéraslo tú trovar
                  mejor que él está trovado?
FRONDOSO.   Mejor entiende de açotes,
                  Mengo, que de versos ya.   1480
MENGO.   Alguno en el valle está,
                  para que no te [339] alborotes,
                  a quien el Comendador...
BARRILDO.   No lo digas, por tu vida,
                  que este bárbaro homicida   1485
                  a todos quita el honor.
MENGO.   Que me açotassen a mí
                  cien soldados aquel día...
                  sola una honda tenía;
                  harto desdichado fui [340].   1490
                  Pero que le hayan echado
                  una melezina [341] a un hombre,
                  que, aunque no diré su nombre,
                  todos saben que es honrado,

---

[337] Recuérdese lo dicho acerca de la función que desempeñaban estas referencias a la juventud del Maestre. Cfr. la n. 4.
[338] En A₁ y A₂, *Esteban y alcalde;* en B, *y Esteban, alcalde.*
[339] La edición de García de la Santa omite *te.*
[340] En A₁ y A₂ falta todo el verso.
[341] *Melecina,* «un lavatorio de tripas que se recibe por el sieso» *(Cov.).*

147

	llena de tinta y de chinas,	1495
	¿cómo se puede sufrir?	
BARRILDO.	Haríalo por reír.	
MENGO.	No hay risas con melezinas,	
	que aunque es cosa saludable...	
	yo me quiero morir luego.	1500
FRONDOSO.	Vaya la copla te ruego,	
	si es la copla razonable.	
MENGO.	*¡Vivan muchos años juntos*	
	los novios, ruego a los cielos,	
	y por envidias ni zelos	1505
	ni riñan ni anden en puntos!	
	Lleven a entrambos difuntos,	
	de puro vivir cansados.	
	¡Vivan muchos años!	
FRONDOSO[342].	¡Maldiga el cielo el poeta	1510
	que tal coplón arrojó!	
BARRILDO.	Fue muy presto...	
MENGO.	Pienso yo	
	una cosa desta seta[343].	
	¿No habéis visto un buñolero[344],	
	en el azeite abrasando,	1515
	pedazos de masa[345] echando,	
	hasta llenarse[346] el caldero?	
	Que unos le[347] salen hinchados,	
	otros tuertos y mal hechos,	
	ya çurdos y ya derechos,	1520
	ya fritos y ya quemados.	
	Pues assí imagino yo	
	un poeta componiendo,	

---

[342] En A₁, A₂ y B, *Mengo*. Hartzenbusch, A. Castro, Entrambasaguas, López Estrada y Profeti corrigen acertadamente *Frondoso*.

[343] Simplificación del grupo consonántico: *secta*.

[344] En A₁ y A₂, *buñolero;* en B, *buñuelero*.

[345] En la edición de López Estrada, *masas*.

[346] En A₁, A₂ y B, *llenarse,* aunque Profeti afirma que en B, por
error, dice *llegarse*.

[347] En la edición de García de la Santa, se omite el pronombre *le*.

	la materia previniendo,	
	que es quien la masa le dio.	1525
	Va arrojando verso aprissa [348]	
	al caldero del papel,	
	confiado en que la miel	
	cubrirá la burla y risa.	
	Mas poniéndolo en el pecho,	1530
	apenas hay quien los [349] tome;	
	tanto, que sólo los come	
	el mismo que los ha hecho.	
BARRILDO.	Déxate ya de locuras;	
	dexa los novios hablar.	1535
LAURENCIA.	Las manos nos da a besar.	
JUAN [ROXO].	Hija, ¿mi mano procuras?	
	Pídela a tu padre luego	
	para ti y para Frondoso.	
ESTEBAN.	Roxo, a ella y a su esposo	1540
	que se la dé el cielo ruego,	
	con su larga [350] bendición.	
FRONDOSO.	Los dos a los dos la echad.	
JUAN [ROXO].	¡Ea, tañed y cantad,	
	pues que para en uno son! [351]	1545
MÚSICOS.	*Al val de Fuente Ovejuna*	
	la niña en cabello [352] *baxa;*	
	el caballero la sigue	
	de la Cruz de Calatrava.	
	Entre las ramas se esconde,	1550
	de vergonçosa y turbada;	
	fingiendo que no le ha visto,	
	pone delante las ramas.	

---

[348] En la edición de García de la Santa, *apriesa.*
[349] En la edición de García de la Santa, *lo.*
[350] En la edición de López Estrada, por error, *largo.*
[351] Cfr. la nota 217.
[352] En A₁ y A₂, *cabellos;* en B, *cabello. Niña en cabello,* «la doncella porque en muchas partes traen a las doncellas en cabello, sin toca, cofia o cobertura ninguna en la cabeza hasta que se casan» *(Cov.).*

«*¿Para qué te ascondes,*
niña gallarda? [353]   1555
Que mis linces desseos
paredes passan» [354].

Acercóse el caballero,
y ella, confusa y turbada,
hazer quiso celosías [355]   1560
de las intricadas [356] *ramas;*
mas como quien tiene amor
los mares y las montañas
atraviessa fácilmente,
la [357] dize tales palabras: 1565
«*¿Para qué te ascondes* [358],
niña gallarda? [359]
Que mis linces desseos
paredes passan» [360].

Sale[n] el COMENDADOR, FLORES, ORTUÑO
y CIMBRANOS.

COMENDADOR.   Estése la boda queda,   1570
                 y no se alborote nadie.

---

[353] En A$_1$, A$_2$ y B, este verso forma parte del anterior.
[354] En A$_1$, A$_2$ y B, también este verso forma parte del anterior.
[355] En la edición de García de la Santa, *quiso hacer celosías*.
[356] *Intricadas* en lugar del moderno *intrincadas*. La primera forma
respeta la etimología *(intricare)*.
[357] En A$_1$, A$_2$ y B, *la*. Las ediciones de García de la Santa y García
Pavón corrigen *le*.
[358] En la edición de García de la Santa, *escondes*.
[359] En A$_1$, A$_2$ y B, este verso forma parte del anterior.
[360] Este verso forma parte del anterior en las ediciones de 1619. Lope de Vega integra en sus obras muchas veces canciones tradicionales.
En esta ocasión, la canción es obra suya, pero construida a imitación
de las tradicionales. López Estrada la ha estudiado en «La canción "Al
val de Fuente Ovejuna" de la comedia *Fuente Ovejuna* de Lope», en el
Homenaje a William L. Fichter, ya citado, págs. 453-468. «A mi juicio,
la canción es una sublimación lírica en la que los motivos de la tragedia, aún en perspectiva solamente, aparecen expresados con toque ge-
nial de poesía bajo las apariencias de la vieja forma medieval de la pas-
torela, que todavía guarda su prestigio literario» (pág. 462).

JUAN [ROXO].	No es juego[361] aqueste, señor,
	y basta que tú lo mandes.
	¿Quieres lugar? ¿Cómo vienes
	con tu belicoso alarde? 1575
	¿Venciste? Mas ¿qué pregunto?
FRONDOSO.	¡Muerto soy! ¡Cielos, libradme!
LAURENCIA.	Huye por aquí, Frondoso.
COMENDADOR.	Esso, no; ¡prendelde, atalde!
JUAN [ROXO].	Date, muchacho, a prisión. 1580
FRONDOSO.	Pues ¿quieres tú que me maten?
JUAN [ROXO].	¿Por qué?
COMENDADOR.	No soy hombre yo
	que mato sin culpa a nadie,
	que si lo fuera, le[362] hubieran
	passado de parte a parte 1585
	essos soldados que traigo.
	Llevarle mando a la cárcel,
	donde la culpa que tiene
	sentencie su mismo padre.
PASCUALA.	Señor, mirad que se casa. 1590
COMENDADOR.	¿Qué me obliga a que se case?
	¿No hay otra gente en el pueblo?
PASCUALA.	Si os ofendió, perdonadle,
	por ser vos quien sois.
COMENDADOR.	No es cosa,
	Pascuala, en que yo soy parte. 1595
	Es esto contra el Maestre
	Téllez Girón, que Dios guarde;
	es contra toda su Orden,
	es su honor, y es importante
	para el exemplo, el castigo; 1600
	que habrá otro día quien trate
	de alçar pendón contra él,
	pues ya sabéis que una tarde
	al Comendador mayor
	(¡qué vassallos tan[363] leales!) 1605
	puso una ballesta al pecho.

---

[361] En la edición de García de la Santa, *justo*.
[362] García de la Santa escribe *lo*.
[363] En la edición de García de la Santa, *más*.

ESTEBAN.	Supuesto que el disculparle [364]
	ya puede tocar a un suegro,
	no es mucho que en causas tales
	se descomponga con vos 1610
	un hombre, en efeto, amante;
	porque si vos pretendéis
	su propia mujer quitarle,
	¿qué mucho que la defienda?
COMENDADOR.	Majadero sois, alcalde. 1615
ESTEBAN.	Por vuestra virtud, señor.
COMENDADOR.	Nunca yo quise quitarle
	su mujer, pues no lo era.
ESTEBAN.	¡Sí quisistes…! Y esto baste,
	que Reyes hay en Castilla 1620
	que nuevas órdenes hazen
	con que desórdenes quitan [365].
	Y harán mal, cuando descansen
	de las guerras, en sufrir
	en sus villas y lugares 1625
	a hombres tan poderosos
	por traer cruzes tan grandes;
	póngasela el Rey al pecho,
	que para pechos reales
	es essa insignia, y no más. 1630
COMENDADOR.	¡Hola! ¡La vara quitalde! [366]
ESTEBAN.	Tomad, señor, norabuena.
COMENDADOR.	*[Golpeando a Esteban con la vara.]*
	Pues con ella quiero dalle,
	como a caballo brioso.
ESTEBAN.	Por señor os sufro. Dadme. 1635
PASCUALA.	¿A un viejo de palos das?
LAURENCIA.	Si le das porque es mi padre,
	¿qué vengas en él de mí?

---

[364] En A₁ y A₂, *disculparle;* en B, *disculparse.*

[365] Recuérdese lo que se dijo en la *Introducción* sobre estas palabras con las que se hace propaganda de la monarquía.

[366] En las ediciones de García de la Santa y García Pavón no se respeta la metátesis.

COMENDADOR.	Llevadla[367], y hazed que guarden
	su persona diez soldados. 1640
	Vase él y los suyos.
ESTEBAN.	¡Justicia del cielo baxe!
	Vase.
PASCUALA.	¡Volvióse en luto la boda!
	Vase.
BARRILDO.	¿No hay aquí un hombre que hable?
MENGO[368].	Yo tengo ya mis açotes,
	que aún se ven los cardenales, 1645
	sin que un hombre vaya a Roma[369].
	Prueben otros a enojarle.
JUAN [ROXO].	Hablemos todos.
MENGO.	Señores,
	aquí todo el mundo calle.
	Como ruedas de salmón[370] 1650
	me puso los atabales.

---

[367] En A₁ y A₂, *llevadla;* en B, *llevadle.*

[368] Los comentarios jocosos del gracioso nos resultan hoy intempestivos. En un contexto de gravedad, como es el de toda la última escena, parece inoportuna la intervención de Mengo. No obstante, hay que decir que son relativamente frecuentes estos casos en el teatro barroco, motivados por la necesidad de rebajar la densidad dramática.

[369] La eficacia cómica se basa en el empleo de la silepsis: *cardenal* se usa en su doble acepción de «hematoma» y «dignidad eclesiástica».

[370] *Ruedas de salmón,* rodajas de color de salmón.

Acto tercero de *Fuente Ovejuna*

[SALA DEL CONCEJO EN FUENTE OVEJUNA.]

Salen ESTEBAN, ALONSO *y* BARRILDO.

ESTEBAN. ¿No han venido a la junta?
BARRILDO. No han venido[371].
ESTEBAN. Pues más apriessa nuestro daño corre.
BARRILDO. Ya está lo más del pueblo prevenido.
ESTEBAN. Frondoso con prisiones en la
[torre, 1655
y mi hija Laurencia en tanto aprieto,
si la piedad de Dios no lo[372] socorre...

Salen JUAN ROXO *y el* REGIDOR.

JUAN [ROXO]. ¿De qué dais vozes, cuando im-
[porta tanto
a nuestro bien, Esteban, el secreto?
ESTEBAN. Que doy tan pocas es mayor es-
[panto. 1660

---

[371] El acto tercero se inicia con una serie de tercetos. La gravedad del asunto tratado —las deshonrosas agresiones del Comendador— y el carácter trascendente de la escena —la juramentación— exige la estrofa que mayor tradición tenía en la literatura de tipo reflexivo, como era el terceto en las epístolas morales, por ejemplo. Cfr. J. M. Rozas, *Significado y doctrina...*, pág. 127.

[372] Hartzenbusch modificó el texto y escribió *los*. A partir de entonces, las ediciones modernas lo han seguido. Preferimos la versión de A₁, A₂ y B, *lo*.

Sale MENGO.

MENGO.   También vengo yo a hallarme
                                    [en esta junta.
ESTEBAN.   Un hombre cuyas canas baña el
                                    [llanto,
               labradores honrados, os pregunta
               qué obsequias³⁷³ debe hazer toda
                                    [esta³⁷⁴ gente
               a su patria sin honra, ya perdida.   1665
               Y si se llaman honras justamente,
               ¿cómo se harán, si no hay entre
                                    [nosotros
               hombre a quien este bárbaro no afrente?
               Respondedme: ¿hay alguno de vosotros
               que no esté lastimado en honra
                                    [y vida?   1670
               ¿No os lamentáis los unos de los
                                    [otros?
               Pues si ya la tenéis todos perdida,
               ¿a qué aguardáis? ¿Qué desven-
                                    [tura es ésta?
JUAN [ROXO].   La mayor que en el mundo fue sufrida.
               Mas pues ya se publica y manifies-
                                    [ta 1675
               que en paz tienen los Reyes a
                                    [Castilla,
               y su venida a Córdoba se apresta,
               vayan dos Regidores a la villa,
               y, echándose a sus pies, pidan
                                    [remedio³⁷⁵.

---

³⁷³ *Obsequias,* «las honras que se hacen a los difuntos» *(Cov.).*
³⁷⁴ En A₁, A₂ y B, *esta;* sin embargo, en las ediciones de A. Castro,
Entrambasaguas, García de la Santa, García Pavón, Henríquez Ureña
y Profeti, *esa.*
³⁷⁵ Como se deduce de las palabras de Juan Rojo, los villanos creen

BARRILDO.	En tanto que Fernando, aquel que [humilla 1680
	a tantos enemigos [376], otro medio
	será mejor, pues no podrá, ocupado,
	hazernos bien con tanta guerra en medio.
REGIDOR.	Si mi voto de vos fuera escuchado,
	desamparar la villa doy por [voto, 1685
JUAN [ROXO].	¿Cómo es possible en tiempo limitado?
MENGO.	A la fe, que si entiende [377] el alboroto,
	que ha de costar la junta alguna vida.
REGIDOR.	Ya, todo el árbol de paciencia roto,
	corre la nave de temor perdida. 1690
	La hija quitan con tan gran fiereza
	a un hombre honrado, de quien es [regida
	la patria en que vivís, y en la cabeça
	la vara quiebran [378] tan injustamente.
	¿Qué esclavo se trató con más [baxeza? 1695
JUAN [ROXO].	¿Qué es lo que quieres tú que el [pueblo intente?
REGIDOR.	Morir, o dar la muerte a los tiranos,
	pues somos muchos, y ellos poca gente.
BARRILDO.	¡Contra el señor las armas en las [manos!

---

rotundamente en el sistema y son partidarios de solicitar la intervención de la Corona en el asunto. La obra, como no podía ser de otro modo, es una defensa de la Monarquía, en la que se asentaba el principio de autoridad, de orden y de armonía.

[376] El sentido de los versos es que Barrildo sugiere no acudir, por el momento, a la Corona porque ésta se encuentra muy ocupada en guerras. Respeto el anacoluto del texto de las ediciones de 1619. Hartzenbusch corrigió: *en tanto que Fernando al suelo humilla.* A. Castro, por su parte, respetó las ediciones de 1619, pero añadió en nota: «La frase está constituida como si hubiese escrito el autor: *En tanto que Fernando humilla a tantos enemigos.* López Estrada corrige: *En tanto que [aquel Rey] Fernando humilla.*

[377] En la edición de López Estrada, *entiendo.*

[378] En A₁ y A₂, *quiebran;* en B, *quiebra.*

ESTEBAN.　　　　　El Rey solo es señor después del
　　　　　　　　　　　　　　　　[cielo, 1700
y no bárbaros hombres jnhumanos[379].
Si Dios ayuda nuestro justo zelo,
　　¿qué nos ha de costar?

MENGO.　　　　　　　　　　　　Mirad, señores,
que vais[380] en estas cosas con recelo.
Puesto que[381] por los simples labra-
　　　　　　　　　　　　　　　[dores 1705
　　estoy aquí, que más injurias passan,
más cuerdo represento sus temores.

JUAN [ROXO]　　Si nuestras desventuras se compassan,
　　para perder las vidas, ¿qué
　　　　　　　　　　　　　[aguardamos?
Las casas y las viñas nos abra-
　　　　　　　　　　　　　[san[382]; 1710
tiranos son. ¡A la vengança vamos![383]

　　　　Sale LAURENCIA, *desmelenada.*

LAURENCIA.　　　Dexadme entrar, que bien puedo,
　　en consejo[384] de los hombres;

---

[379] Las palabras de Esteban corroboran lo advertido antes con motivo del parlamento de Juan Rojo. Ninguno pone en duda la validez del
sistema monárquico ni su legitimidad. El principio de autoridad pro-
viene del cielo y recae en el Monarca. El eslabón que representan Comendadores y Maestres es rechazado, cuando se convierte en un grillo
tiránico. Obsérvese, por otra parte, la suma prudencia con que Lope se
ve obligado a matizar los parlamentos.

[380] *Vais,* vayáis. R. Menéndez Pidal, en el *Cantar de Mío Cid,* página 267, § 82², señala la aparición de la *y* antihiática en el *Cid,* pero las
formas sin la *y* se usaban todavía en los siglos XVI y XVII.

[381] *Puesto que,* aunque.

[382] No dejan de ser curiosas las referencias de Juan Rojo a la opresión del Comendador que llega, incluso, a arrasar las propiedades de
los villanos. Luego se volverán a aducir estos desmanes, desmanes que,
por otra parte, aparecen en la *Chrónica* que sirvió a Lope de Vega como fuente. Es significativa la selección dramática de Lope: ha elegido
sólo la vertiente lujuriosa del quebrantamiento del orden y ha desecha-
do el aspecto más social.

[383] *Vamos,* vayamos. Cfr. *supra,* la nota 380.

[384] García de la Santa transcribe *consejos.*

que bien puede una mujer,
si no a dar voto, a dar vozes.   1715
¿Conocéisme?

ESTEBAN.   ¡Santo cielo!
¿No es mi hija?

JUAN [ROXO].   ¿No conoces
a Laurencia?

LAURENCIA.   Vengo tal,
que mi diferencia os pone
en contingencia quién soy.   1720

ESTEBAN.   ¡Hija mía!

LAURENCIA.   No me nombres
tu hija.

ESTEBAN.   ¿Por qué, mis ojos?
¿Por qué?

LAURENCIA.   ¡Por muchas razones!
Y sean las principales,
porque dexas que me roben   1725
tiranos sin que me vengues,
traidores sin que me cobres.
Aún no era yo de Frondoso,
para que digas que tome,
como marido, vengança,   1730
que aquí por tu cuenta corre;
que en tanto que de las bodas
no haya llegado la noche,
del padre, y no del marido,
la obligación presupone;   1735
que en tanto que no me entregan
una joya, aunque la [385] compre [386],
no ha de correr por mi cuenta
las guardas ni los ladrones.
Llevóme de vuestros ojos   1740
a su casa Fernán Gómez;
la oveja al lobo dexáis,

---

[385] En B, *le.* Sigo la lectura de A$_1$ y A$_2$, *la.*
[386] En A$_1$, A$_2$ y B, *compren.* En las ediciones modernas se ha supri-
mido la *n.*

como cobardes pastores.
¡Qué dagas no vi en mi pecho!
¡Qué desatinos enormes,   1745
qué palabras, qué amenazas,
y qué delitos atrozes,
por rendir mi castidad
a sus apetitos torpes!
Mis cabellos, ¿no lo dizen?   1750
¿No se ven aquí los golpes,
de la sangre, y las señales? 387
¿Vosotros sois hombres nobles?
¿Vosotros, padres y deudos?
¿Vosotros, que no se os rompen   1755
las entrañas de dolor,
de 388 verme en tantos dolores?
Ovejas sois, bien lo dize
de Fuente Ovejuna el nombre.
¡Dadme unas armas a mí,   1760
pues sois piedras, pues sois bron-
                                      [zes,
pues sois jaspes, pues sois tigres...!
Tigres no, porque ferozes
siguen quien roba sus hijos,
matando 389 los caçadores   1765
antes que entren por el mar,
y por sus ondas se arrojen.
Liebres cobardes nacistes 390;
bárbaros sois, no españoles.
¡Gallinas! ¡Vuestras mujeres   1770
sufrís que otros hombres gozen!
¡Poneos ruecas en la cinta!

---

387 En la edición de Hartzenbusch, *las señales de los golpes / ¿no se
ven aquí, y la sangre?*
388 En la edición de García de la Santa, *al.*
389 Complemento directo personal sin preposición *a.* Cfr. la nota 29.
390 En la edición de García de la Santa, se rectifica: *nacisteis. Nacistes* es forma etimológica que convivía con la de *nacisteis* en la lengua
del Siglo de Oro.

¿Para qué os ceñís[391] estoques?
¡Vive Dios, que he de trazar
que solas mujeres cobren   1775
la honra destos tiranos,
la sangre destos traidores!
¡Y que os han de tirar piedras,
hilanderas, maricones,
amujerados, cobardes!   1780
¡Y que mañana os adornen
nuestras tocas y basquiñas[392],
solimanes[393] y colores!
A Frondoso quiere ya,
sin sentencia[394], sin pregones,   1785
colgar el Comendador
del almena de una torre;
de todos hará lo mismo;
y yo me huelgo, medio hombres,
porque quede sin mujeres   1790
esta villa honrada, y torne
aquel siglo de amazonas[395],
eterno espanto del orbe.

ESTEBAN. Yo, hija, no soy de aquellos
que permiten que los nombres   1795
con essos títulos viles.
Iré solo, si se pone
todo el mundo contra mí.

JUAN [ROXO]. Y yo, por más que me assombre
la grandeza del contrario.   1800

REGIDOR. Muramos todos.

---

[391] En A₁ y A₂, *ceñís;* en B, por errata, *ecñís*.

[392] *Basquiñas,* «ropa o saya que traen las mujeres desde la cintura al suelo, con sus pliegues, que hechos en la parte superior forman la cintura y por la parte inferior tiene mucho vuelo. Pónese encima de los guardapieses y demás ropas, y algunas tienen por detrás falda que arrastra» *(Dicc. de Autor.).*

[393] *Solimanes,* «es el argento vivo, sublimado» *(Cov.).*

[394] En la edición de García de la Santa, *sentencias*.

[395] Según la mitología existía un pueblo constituido sólo por mujeres, que eran famosas, sobre todo, por su belicosidad.

BARRILDO.	Descoge[396]
	un lienço al viento en un palo,
	y mueran estos inormes[397].
JUAN [ROXO].	¿Qué orden pensáis tener?
MENGO.	Ir a matarle sin orden. 1805
	Juntad el[398] pueblo a una voz;
	que todos están conformes
	en que los tiranos mueran.
ESTEBAN.	Tomad espadas, lançones,
	ballestas, chuzos y palos. 1810
MENGO.	¡Los Reyes, nuestros señores,
	vivan![399]
TODOS.	¡Vivan muchos años!
MENGO.	¡Mueran tiranos traidores!
TODOS.	¡Traidores tiranos mueran!
	Vanse todos.

[LAURENCIA, *dirigiéndose a las mujeres.*]

LAURENCIA.	Caminad, que el cielo os oye. 1815
	¡Ah..., mujeres de la villa!
	¡Acudid, porque se cobre
	vuestro honor! ¡Acudid todas!

Todos de la villa.

Salen PASCUALA, JACINTA *y otras mujeres.*

PASCUALA.	¿Qué es esto? ¿De qué das vozes?
LAURENCIA.	¿No veis cómo todos van 1820
	a matar a Fernán Gómez,
	y hombres, moços y muchachos
	furiosos, al hecho corren?

---

[396] *Descoger*, «desplegar lo que estaba cogido o plegado» *(Cov.)*.

[397] *Inormes*, enormes.

[398] Complemento directo personal sin la preposición *a*. Cfr. la nota 29.

[399] El grito de la insurrección revela el carácter no revolucionario de la misma. La obra es una defensa del sistema monárquico imperante. Cfr. la *Introducción*.

	¿Será bien que solos ellos
	desta hazaña el honor gozen, 1825
	pues no son de las mujeres
	sus agravios los menores?
JACINTA.	Di, pues, ¿qué es lo que pretendes?
LAURENCIA.	Que, puestas todas en orden[400],
	acometamos[401] un hecho 1830
	que dé espanto a todo el orbe.
	Jacinta, tu grande agravio,
	que sea cabo[402]; responde[403]
	de una escuadra de mujeres.
JACINTA.	¡No son los tuyos menores! 1835
LAURENCIA.	Pascuala, alférez serás.
PASCUALA.	Pues déxame que enarbole[404]
	en un asta la bandera;
	verás si merezco el nombre.
LAURENCIA.	No hay espacio para esso, 1840
	pues la dicha nos socorre;
	bien nos basta que llevemos
	nuestras tocas por pendones.
PASCUALA.	Nombremos un capitán.
LAURENCIA.	Esso, no.
PASCUALA.	¿Por qué?
LAURENCIA.	Que adonde 1845
	assiste mi gran valor,
	no hay Cides ni Rodamontes[405].
	Vanse.

Igualdad

---

[400] En la edición de García de la Santa, *que todas puestas en orden.*
[401] García de la Santa escribe *acometamos a.*
[402] *Cabo de escuadra* es el primer nivel de mando. Luego vendrá el *alférez,* y después, el *capitán.*
[403] En la edición de Hartzenbusch, *Jacinta, a tu grande agravio / que seas cabo corresponde.*
[404] En A_1, A_2 y B, *enarbole.* López Estrada escribe *enarbolo.*
[405] *Rodamonte* es uno de los personajes del *Orlando Furioso,* de Ariosto, que destacaba por su bravuconería.

[SALA EN LA CASA DE LA ENCOMIENDA]

Sale FRONDOSO, *atadas las manos;* FLORES, ORTUÑO,
CIMBRANO[S] [406] *y el* COMENDADOR.

COMENDADOR.	De esse cordel que de las manos sobra,
	quiero que le colguéis, por mayor pena.
FRONDOSO.	¡Qué nombre, gran señor, tu sangre
	[cobra! 1850
COMENDADOR.	Colgalde [407] luego en la primera almena.
FRONDOSO.	<u>Nunca fue mi intención poner por obra</u>
	<u>tu muerte entonces.</u>
FLORES.	Grande ruido suena.
	Ruido suene.
COMENDADOR.	¿Ruido?
FLORES.	Y de manera que interrompen [408]
	tu justicia, señor.
ORTUÑO.	¡Las puertas rompen! 1855
	Ruido.
COMENDADOR.	¡La puerta de mi casa, y siendo casa
	de la Encomienda!
FLORES.	¡El pueblo junto viene!
JUAN [ROXO].	*[Dentro.]*
	¡Rompe, derriba, hunde, quema, abrasa!
ORTUÑO.	Un popular motín mal se detiene.
COMENDADOR.	¿El pueblo contra mí?
FLORES.	La furia passa 1860
	tan adelante, que las puertas tiene
	echadas por la tierra.

---

[406] En A₁, A₂ y B, *Cimbrano.*
[407] En las ediciones de García de la Santa y García Pavón no se respeta la metátesis.
[408] Modificación del timbre vocálico que no respetan las ediciones de A. Castro, Entrambasaguas ni García de la Santa, quienes, al escribir *interrumpen,* quebrantan la rima con *rompen.*

COMENDADOR.	Desatalde [409].
	Templa, Frondoso, esse [410] villano
	[Alcalde.
FRONDOSO.	Yo voy, señor, que amor [411] les ha
	[movido.

Vase.

MENGO.	*Dentro.*
	¡Vivan Fernando y Isabel, y
	[mueran 1865
	los traidores!
FLORES.	Señor, por Dios te pido
	que no te hallen aquí.
COMENDADOR.	Si perseveran,
	este aposento es fuerte y defendido.
	Ellos se volverán.
FLORES.	Cuando se alteran
	los pueblos agraviados, y resuel-
	[ven, 1870
	nunca sin sangre o sin vengança vuelven.
COMENDADOR.	En esta puerta, assí como rastrillo,
	su furor con las armas defendamos [412].
FRONDOSO.	*Dentro.*
	¡Viva Fuente Ovejuna!
COMENDADOR.	¡Qué caudillo!
	Estoy porque a su furia acome-
	[tamos. 1875
FLORES.	De la tuya, señor, me maravillo.
ESTEBAN.	Ya el [413] tirano y los cómplices miramos.
	¡Fuente Ovejuna, y los tiranos mueran!
	Salen todos.

---

409 En la edición de García de la Santa, no se respeta la metátesis.

410 Complemento directo personal sin la presposición *a*. Cfr. la nota 29.

411 Lo que mueve la revuelta es el amor, es decir, el deseo de armonía y de orden. Spitzer dice que el verso «debe significar que la rebelión era, en última instancia, un acto de amor, un intento de restablecer la armonía». (Art. cit., pág. 133.)

412 En A₁ y A₂, *defendamos;* en B, *defendemos;* sigo la primera por exigencias de la rima.

413 Complemento directo personal sin la preposición *a*.

164

COMENDADOR. ¡Pueblo esperad!

TODOS.   ¡Agravios nunca esperan!

COMENDADOR.   Dezídmelos a mí, que iré pa-
                          [gando, 1880
              a fe de caballero, essos errores.

TODOS.   ¡Fuente Ovejuna! ¡Viva el Rey Fernando!
              ¡Mueran malos cristianos y traidores!

COMENDADOR. ¿No me queréis oír? Yo estoy hablando;
              ¡yo soy vuestro señor!

TODOS.   ¡Nuestros señores 1885
              son los Reyes Católicos! [414]

COMENDADOR.   ¡Espera!

TODOS.   ¡Fuente Ovejuna, y Fernán Gómez
                                    [muera!

[El COMENDADOR *y los suyos huyen, perseguidos por
los hombres de Fuente Ovejuna.]*

Vanse, y salen las mujeres armadas.

LAURENCIA.   Parad en este puesto de esperanças,
               soldados atrevidos, no mujeres.

PASCUALA.   ¡Lo [415] que mujeres son en las
                          [venganças! 1890
               ¡En él beban su sangre! ¿Es bien que
                          [esperes?

JACINTA.   ¡Su cuerpo recojamos en las lanças!

PASCUALA.   Todas son de essos mismos pareceres.

ESTEBAN.   *Dentro.*
               ¡Muere, traidor Comendador!

COMENDADOR.   Ya muero.
               ¡Piedad, Señor, que en [416] tu clemencia
                          [espero! 1895

---

[414] Recuérdese lo dicho en la *Introducción* sobre el sentido monárquico de la obra.

[415] En las ediciones modernas aparece *los* desde Hartzenbusch.

[416] En la edición de Profeti, se omite la preposición.

BARRILDO.	*Dentro.*
	Aquí está Flores.
MENGO.	¡Dale a esse bellaco,
	que esse fue el que me dio dos mil açotes!
FRONDOSO.	*Dentro.*
	No me vengo, si el alma no le saco.
LAURENCIA.	No excusamos entrar.
PASCUALA.	No te alborotes.
	Bien es guardar la puerta.
BARRILDO.	*Dentro.*
	No me aplaco. 1900
	¡Con lágrimas agora, marquesotes!
LAURENCIA.	Pascuala, yo entro dentro, que la espada
	no ha de estar tan sujeta ni envainada.
	Vase.
BARRILDO.	*[Dentro.]*
	Aquí está Ortuño.
FRONDOSO.	*Dentro.*
	Córtale la cara.

Sale FLORES *huyendo, y* MENGO *tras él.*

FLORES.	¡Mengo, piedad, que no soy yo el
	[culpado! 1905
MENGO.	Cuando ser alcahuete no bastara,
	bastaba haberme el pícaro açotado.
PASCUALA.	¡Dánoslo a las mujeres, Mengo! ¡Para,
	acaba por tu vida!
MENGO.	Ya está dado,
	que no le quiero yo mayor castigo. 1910
PASCUALA.	Vengaré tus açotes.
MENGO.	Esso digo.
JACINTA.	¡Ea, muera el traidor!
FLORES.	¿Entre mujeres?
JACINTA.	¿No le viene muy ancho?
PASCUALA.	¿Aquesso lloras?
JACINTA.	¡Muere, concertador de sus plazeres!
PASCUALA.	¡Ea, muera el traidor!
FLORES.	¡Piedad,
	[señoras! 1915

Sale ORTUÑO *huyendo de* LAURENCIA.

ORTUÑO.   Mira que no soy yo...
LAURENCIA.   ¡Ya sé quién eres!
                 ¡Entrad, teñid las armas vencedoras
                 en estos viles!
PASCUALA.   ¡Moriré matando!
TODAS.   ¡Fuente Ovejuna, y viva el Rey
                                        [Fernando!

[SALA DEL PALACIO DE LOS REYES CATOLICOS.]

Vanse y salen el REY FERNANDO *y la* REINA DOÑA[417]
ISABEL, *y* DON MANRIQUE, *Maestre [de Santiago].*

MANRIQUE.   De modo la prevención   1920
                 fue, que el efeto[418] esperado
                 llegamos a ver logrado,
                 con poca contradición[419].
                    Hubo poca resistencia;
                 y supuesto que la hubiera,   1925
                 sin duda ninguna fuera
                 de poca o ninguna essencia.
                    Queda el de Cabra ocupado
                 en conservación del puesto,
                 por si volviere dispuesto   1930
                 a él el contrario osado.
REY.   Discreto el acuerdo fue,
                 y que assista es conveniente,
                 y reformando la gente,
                 el passo tomado esté.   1935

---

[417] En la edición de Profeti, se omite *doña*.
[418] Simplificación del grupo consonántico culto que no respeta la edición de García de la Santa.
[419] Cfr. nota anterior.

Que con esso se assegura
no podernos hazer [420] mal
Alfonso, que en Portugal
tomar la fuerça procura.
    Y el de Cabra es bien que esté   1940
en esse sitio assistente,
y como tan diligente,
muestras de su valor dé,
    porque con esto assegura
el daño que nos recela,   1945
y como fiel centinela
el bien del Reino procura.
Sale Flores herido.

FLORES.   Católico Rey Fernando,
a quien el cielo concede
la corona de Castilla   1950
como a varón excelente:
oye la mayor crueldad
que se ha visto entre las gentes,
desde donde nace el sol
hasta donde se escurece [421].   1955

REY.   Repórtate.

FLORES.   Rey supremo,
mis heridas no consienten
dilatar el triste caso,
por ser mi vida tan breve.
De Fuente Ovejuna vengo,   1960
donde, con pecho inclemente,
los vezinos de la villa
a su señor dieron muerte.
Muerto Fernán Gómez queda
por sus súbditos aleves [422],   1965
que vassallos indignados
con leve causa se atreven.
Con título de tirano,

---

[420] En la edición de García de la Santa, *no poder hacernos.*
[421] En la edición de García de la Santa, *oscurece.*
[422] *Aleve,* «el que es traidor, que se levanta contra su señor» *(Cov.).*

que le acumula la plebe [423],
a la fuerça desta voz   1970
el hecho fiero acometen;
y quebrantando su casa,
no atendiendo a que se ofrece
por la fe de caballero
a que pagará [424] a quien debe,   1975
no sólo no le escucharon,
pero con furia impaciente
rompen el cruzado pecho
con mil heridas crueles;
y por las altas ventanas   1980
le hazen que al suelo vuele,
adonde en picas y espadas
le recogen las mujeres.
Llévanle a una casa muerto,
y a porfía, quien más puede,   1985
mesa su barba y cabello,
y apriessa su rostro hieren.
En efeto [425] fue la furia
tan grande que en ellos crece,
que las mayores tajadas   1990
las orejas a ser vienen [426].
Sus armas borran con picas
y a vozes dizen que quieren
tus reales armas fijar,
porque aquéllas les ofenden [427].   1995

---

[423] En las ediciones de A. Castro, Entrambasaguas y Henríquez Ureña, *el título de tirano / le acumula todo el plebe / y.*

[424] En la edición de García de la Santa, *pagara.*

[425] Simplificación del grupo consonántico, como es habitual en esta palabra a lo largo de toda la obra. García de la Santa no la respeta.

[426] La venganza del pueblo fue tan cruel que el cuerpo del Comendador quedó descuartizado, hasta el punto, como se dice en estos versos, que los trozos mayores que quedaron fueron las orejas. Sin duda es una hipérbole, pues a partir del v. 2027 se indica que salen los labradores con una lanza sobre la que llevan la cabeza del Comendador.

[427] Estas palabras confirman el fervor monárquico del pueblo de Fuente Ovejuna y el sentido de la propia rebelión.

Saqueáronle la casa,
cual si de enemigos fuesse,
y gozosos entre todos
han repartido sus bienes.
Lo dicho he visto escondido,   2000
porque mi infelice suerte
en tal trance no permite
que mi vida se perdiesse;
y assí estuve todo el día
hasta que la noche viene,   2005
y salir pude escondido
para que cuenta te diesse.
Haz, señor, pues eres justo,
que la justa pena lleven
de tan riguroso caso   2010
los bárbaros delincuentes.
Mira que su sangre a vozes
pide que tu rigor prueben.

REY.   Estar puedes confiado
que sin castigo no queden.   2015
El triste sucesso ha sido
tal, que admirado me tiene,
y que vaya luego un juez
que lo averigüe conviene,
y castigue los culpados[428]   2020
para exemplo de las gentes.
Vaya un capitán con él,
porque seguridad lleve,
que tan grande atrevimiento
castigo exemplar requiere[429].   2025

---

[428] Complemento directo personal sin la preposición *a*, preposición
que aparece en las ediciones de García de la Santa y de Profeti.

[429] La reacción del rey es de irritación y de condena de los hechos, a
pesar del firme sentido monárquico que presidió la rebelión. El rey, en
una obra en la que se defiende el sistema, no podía menos que conde-
nar enérgicamente los sucesos, esclarecer responsabilidades y ajusticiar
a los cabecillas, guiado no tanto por el sentido de la justicia como por
el miedo a que cundiese el ejemplo. Por tanto, el mensaje propagandístico y el carácter conservador del texto queda evidenciado. Pero es

Y curad a esse soldado
de las heridas que tiene.

[PLAZA DE FUENTE OVEJUNA.]

*Vanse, y salen los labradores y labradoras, con la cabeça
de Fernán Gómez en una lança.*

MÚSICOS.	*¡Muchos años vivan*
	Isabel y Fernando,
	y mueran los tiranos! 2030
BARRILDO.	Diga su copla Frondoso.
FRONDOSO.	Ya va mi copla, a la fe;
	si le faltare algún pie
	enmiéndelo el más curioso.
	¡Vivan la bella Isabel 2035
	y Fernando de Aragón,
	pues que para en uno son [430]*,*
	él con ella, ella con él!
	A los cielos San Miguel
	lleve a los dos de [431] *las manos.* 2040
	¡Vivan muchos años,
	y mueran los tiranos!
LAURENCIA.	Diga Barrildo.
BARRILDO.	Ya va,
	que a fe que la he pensado.
PASCUALA.	Si la dizes con cuidado, 2045
	buena, y rebuena será.
BARRILDO.	*¡Vivan los Reyes famosos*
	muchos años, pues que tienen
	la vitoria [432]*, y a ser vienen*

---

que, además, el autor olvida que ya en los versos 688-694 los hechos
fueron denunciados a los reyes, sin que éstos tomaran medida alguna,
preocupados entonces exclusivamente del problema político.

[430] Cfr. la nota 217.

[431] En la edición de García de la Santa, se omite la preposición *de.*

[432] Como es habitual en esta obra, *vitoria* se escribe con el grupo
consonántico simplificado. García de la Santa no lo respeta.

	nuestros dueños venturosos!	2050
	¡Salgan siempre vitoriosos	
	de gigantes y de enanos,	
	y mueran los tiranos!	
MÚSICOS.	*¡Muchos años vivan*	
	[Isabel y Fernando,	2055
	y mueran los tiranos!] [433]	
LAURENCIA.	Diga Mengo.	
FRONDOSO.	Mengo diga.	
MENGO.	Yo soy poeta donado [434].	
PASCUALA.	Mejor dirás lastimado	
	el envés de la barriga.	2060
MENGO.	*Una mañana en domingo*	
	me mandó açotar aquél,	
	de manera que el rabel	
	daba espantoso respingo;	
	pero agora que los pringo [435],	2065
	¡vivan los Reyes Cristiánigos,	
	y mueran los tiránigos! [436]	
MÚSICOS.	*¡Vivan muchos años!*	
ESTEBAN.	Quita la cabeça [437] allá.	
MENGO.	Cara tiene de ahorcado.	2070

---

[433] En A$_1$, A$_2$ y B, los versos 2055 y 2056 no se incluyen, sino que tras el verso 2054 se escribe *etc.*

[434] *Donado,* «el lego admitido en la religión para el servicio de la casa. Éstos suelen hacer una manera de profesión diferente de los religiosos conventuales» *(Cov.).* El sentido del verso es, pues, que Mengo se considera no un buen poeta, sino un mal aficionado.

[435] *Pringar,* «es lardar lo que se asa, y los que pringan los esclavos son hombres inhumanos» *(Cov.).* A. Soons, en la reseña citada a la edición de López Estrada, propone: «Ahora, que doy los azotes y no los recibo» —«would seem to mean rather "Now that I deal them blows (rather than receive blows from them as I formerly did)—, pág. 105.

[436] Mengo interpreta una canción cómica, como no podía ser menos en su caso, como aportación personal a la pública concelebración monárquica. El efecto jocoso se logra mediante la deformación hiperculta de *cristianos* en *critiánigos* y de *tiranos* en *tiránigos.* Las formas en *-igo* fueron frecuentes en la poesía burlesca. Cfr. L. Spitzer, art. cit., página 146, nota 12.

[437] Se refiere a la cabeza del Comendador que, según la acotación, portaban en una lanza.

Saca un escudo JUAN ROXO *con las armas [reales.]*

REGIDOR.	Ya las armas han llegado.	
ESTEBAN.	Mostrá[438] las armas acá.	
JUAN.	¿Adónde se han de poner?	
REGIDOR.	Aquí, en el Ayuntamiento.	
ESTEBAN.	¡Bravo escudo!	
BARRILDO.	¡Qué contento!	2075
FRONDOSO.	Ya comiença a amanecer,	
	con este sol, nuestro día.	
ESTEBAN.	¡Vivan Castilla y León,	
	y las barras de Aragón,	
	y muera la tiranía!	2080
	Advertid, Fuente Ovejuna,	
	a las palabras de un viejo,	
	que el admitir su consejo	
	no ha dañado vez ninguna.	
	Los Reyes han de querer	2085
	averiguar este caso,	
	y más tan cerca del passo	
	y jornada que han de hazer[439].	
	Concertaos todos a una	
	en lo que habéis de dezir.	2090
FRONDOSO.	¿Qué es tu consejo?	
ESTEBAN.	Morir	
	diziendo: «¡Fuente Ovejuna!»	
	Y a nadie saquen de aquí.	
FRONDOSO.	Es el camino derecho:	
	¡Fuente Ovejuna lo ha hecho!	2095
ESTEBAN.	¿Queréis responder assí?	
TODOS.	¡Sí![440]	

---

[438] Forma de imperativo.

[439] Se refiere al hecho de que los reyes se disponían a llegar a Córdoba, por lo que, al quedar cerca Fuente Ovejuna, sería muy probable que pasasen por el pueblo para tomar cartas en el asunto.

[440] El verso 2096, en A₁, A₂ y B, incluye el adverbio *sí*. En las ediciones de García de la Santa, García Pavón, Henríquez Ureña y Profe-

ESTEBAN.   Ahora, pues, yo quiero ser
                  agora [441] el pesquisidor [442],
                  para ensayarnos mejor
                  en lo que habemos de hazer.   2100
                      Sea Mengo el que esté puesto
                  en el tormento.
MENGO.   ¿No hallaste
                  otro más flaco?
ESTEBAN.   ¿Pensaste
                  que era de veras?
MENGO.   Di presto.
ESTEBAN.   ¿Quién mató al Comendador?   2105
MENGO.   ¡Fuente Ovejuna lo hizo!
ESTEBAN.   Perro, ¿si te martirizo?
MENGO.   Aunque me matéis, señor.
ESTEBAN.   Confiessa, ladrón.
MENGO.   ¡Confiesso!
ESTEBAN.   Pues, ¿quién fue?
MENGO.   ¡Fuente Ovejuna!   2110
ESTEBAN.   Dalde [443] otra vuelta.
MENGO.   Es ninguna.
ESTEBAN.   ¡Cagajón [444] para el processo!

---

ti, se traslada dicha palabra al v. 2097, tal vez porque, de no hacerlo,
el v. 2096 tendría 9 sílabas.

[441] *Agora* mientras que, en el verso anterior, el mismo personaje dijo
ahora. Evidentemente, no se trata de una contradictoria fluctuación,
sino de evitar que la presencia de la *g*, en el v. 2097, impidiera la sinéresis, por la cual *aho* se contabiliza como una sola sílaba.

[442] *Juez pesquisidor,* «pesquisa, averiguación que se hace de algún
delito», «el que lleva tal comisión» *(Cov.).*

[443] Metátesis, como ocurre normalmente en el drama. Las ediciones
de García de la Santa y García Pavón no lo respetan. Tampoco la de
Profeti.

[444] *Cagajón,* «el estiércol de las mulas, caballos y burros» *(Dicc. de
Autor.).*

Sale el REGIDOR.

REGIDOR.	¿Qué hazéis desta suerte aquí?	
FRONDOSO.	¿Qué ha sucedido, Cuadrado?	
REGIDOR.	Pesquisidor ha llegado.	2115
ESTEBAN.	Echá [445] todos por ahí.	
REGIDOR.	Con él viene un Capitán.	
ESTEBAN.	¡Venga el diablo! Ya sabéis lo que responder tenéis.	
REGIDOR.	El pueblo prendiendo van, sin dexar alma ninguna.	2120
ESTEBAN.	Que no hay que tener temor. ¿Quién mató al Comendador, Mengo?	
MENGO.	¿Quién? ¡Fuente Ovejuna!	

[SALA DEL PALACIO DEL MAESTRE DE
CALATRAVA.]

Vanse, y salen el [446] MAESTRE *y un* SOLDADO.

MAESTRE.	¡Que tal caso ha sucedido! Infelice fue su suerte. Estoy por darte la muerte por la nueva que has traído.	2125
SOLDADO.	Yo, señor, soy mensajero, y enojarte no es mi intento.	2130
MAESTRE.	¡Que a tal tuvo atrevimiento un pueblo enojado y fiero! Iré con quinientos hombres, y la villa he de assolar;	

---

445 Forma de imperativo.
446 En A₁ y A₂, *salen;* en B, *sale.* López Estrada sigue la versión de B.

	en ella no ha de quedar	2135
	ni aun memoria de los nombres.	
SOLDADO.	Señor, tu enojo reporta,	
	porque ellos al Rey se han dado,	
	y no tener enojado	
	al Rey, es lo que te [447] importa.	2140
MAESTRE.	¿Cómo al Rey se pueden dar	
	si de la Encomienda son?	
SOLDADO.	Con él sobre essa razón	
	podrás luego pleitear.	
MAESTRE.	Por pleito ¿cuándo salió	2145
	lo que él [448] le entregó en sus manos?	
	Son señores soberanos,	
	y tal reconozco yo.	

Por saber que al Rey se han dado,
[se] [449] reportará mi enojo,   2150
y ver [450] su presencia escojo
por lo más bien acertado,
    que puesto que tenga [451] culpa
en casos de gravedad,
en todo mi poca edad   2155
viene a ser quien me disculpa [452].
    Con vergüença voy, mas es
honor quien puede obligarme,
y importa no descuidarme
en tan honrado interés.   2160
Vanse.

---

[447] En la edición de García de la Santa, se omite el pronombre.
[448] En la edición de Hartzenbusch, *lo que se entregó en sus manos.*
A. Castro escribe que *él* se refiere al pueblo. Parece más acertada la
anotación de López Estrada: «lo que el [Rey] entregó a él, en sus manos [de éste].»
[449] En A₁, A₂ y B, *me.* Sigo la modificación de López Estrada.
[450] En la edición de García de la Santa, *ves.*
[451] En la edición de García de la Santa, *tengo.*
[452] Otra referencia más a la escasa edad del Maestre, movida por los
intereses que ya se comentaron en la *Introducción;* cfr. nota 4.

[PLAZA DE FUENTE OVEJUNA.]

Sale LAURENCIA *sola.*

LAURENCIA. Amando[453], recelar daño en lo amado,
nueva pena de amor se considera,
que quien en lo que ama daño espera,
aumenta en el temor nuevo cuidado.

El firme pensamiento desve-
                                    [lado,   2165
si le aflige el temor, fácil se altera,
que no es, a firme fe, pena ligera
ver llevar el temor el bien robado.

Mi esposo adoro; la ocasión que veo
al temor de su daño me condena,   2170
si no le ayuda la felice suerte.

Al bien suyo se inclina mi desseo;
si está presente, está cierta mi pena;
si está en ausencia, está cierta mi
                                    [muerte[454].

Sale FRONDOSO.

FRONDOSO. ¡Mi Laurencia!
LAURENCIA.   ¡Esposo amado!   2175
¿Cómo[455] estar aquí te atreves?

---

453 En la edición de Profeti, por errata, *amado.*

454 La estrofa ha cambiado en esta escena. Se elige el soneto, porque, como se afirma en el *Arte Nuevo,* «el soneto está bien en los que
aguardan» (v. 308), era lo más apropiado para el personaje que se encuentra en una situación de espera, como es la anterior. Cfr. J. M. Rozas, *Significado y doctrina...,* pág. 127, y J. de J. Prades, *Lope de Vega: El Arte Nuevo de hacer comedias en este tiempo,* Madrid, CSIC,
1971, pág. 198. Por otra parte, como ha estudiado Peter N. Dunn, «Some uses of sonnets in the plays of Lope de Vega», en *Bulletin of Hispanic Studies,* XXXIV, 1957, págs. 213-222, se suele emplear para exponer una verdad de carácter general como ocurre en este caso.
Wardropper, en su art. cit., ve aquí el eje temático de la obra. Véase
también el art. cit. de Casalduero, pág. 38.

455 En las ediciones de A. Castro, Henríquez Ureña, García de la
Santa y García Pavón, se añade *a.*

FRONDOSO.	¿Essas resistencias debes
	a mi amoroso cuidado?
LAURENCIA.	Mi bien, procura guardarte,
	porque tu daño recelo. 2180
FRONDOSO.	No quiera, Laurencia, el cielo
	que tal llegue a disgustarte.
LAURENCIA.	¿No temes ver el rigor
	que por los [456] demás sucede,
	y el furor con que procede 2185
	aqueste pesquisidor?
	Procura guardar la vida.
	Huye, tu daño no esperes.
FRONDOSO.	¿Cómo? ¿Que procure quieres
	cosa tan mal recebida? [457] 2190
	¿Es bien que los demás dexe
	en el peligro presente,
	y de tu vista me ausente?
	No me mandes que me alexe [458];
	porque no es puesto en razón 2195
	que, por evitar mi daño,
	sea con mi sangre extraño
	en tan terrible ocasión [459].
	Vozes dentro.
	Vozes parece que he oído,
	y son, si yo mal no siento, 2200
	de alguno que dan tormento.
	Oye con atento oído.
	Dize dentro el JUEZ *y responden.*
JUEZ.	Dezid la verdad, buen viejo [460].

---

456 En la edición de García de la Santa, *lo.*
457 En las ediciones de A. Castro, Entrambasaguas, García de la Santa y García Pavón, *recibida.*
458 En la edición de García de la Santa, se omite el verso 2194.
459 En la edición de García de la Santa, se omite el verso 2198.
460 En la selección de los personajes que reciben tormento existe uno de los grandes aciertos dramáticos de Lope. Todo el pueblo se juramentó para dar muerte al tirano, y es todo él quien se niega a revelar los nombres de los más importantes cabecillas. La heroicidad en el silencio se pone de manifiesto por medio de los seres más débiles que son

FRONDOSO.	Un viejo, Laurencia mía, atormentan.	
LAURENCIA.	¡Qué porfía!	2205
ESTEBAN.	Déxenme un poco.	
JUEZ.	Ya os dexo. Dezid, ¿quién mató a Fernando?	
ESTEBAN.	Fuente Ovejuna lo hizo.	
LAURENCIA.	Tu nombre, padre, eternizo [461].	
FRONDOSO.	¡Bravo caso!	
JUEZ.	¡Esse muchacho! ¡Aprieta, perro! Yo sé que lo sabes. Di quién fue. ¿Callas? Aprieta, borracho.	2210
NIÑO.	Fuente Ovejuna, señor.	
JUEZ.	¡Por vida del Rey, villanos, que os ahorque con mis manos! ¿Quién mató al Comendador?	2215
FRONDOSO.	¡Que a un niño le den tormento, y niegue de aquesta suerte!	
LAURENCIA.	¡Bravo pueblo!	
FRONDOSO.	¡Bravo y fuerte!	2220
JUEZ.	¡Essa mujer al momento en esse potro tened! Dale essa mancuerda luego.	
LAURENCIA.	Ya está de cólera ciego.	
JUEZ.	Que os he de matar, creed, en esse potro, villanos. ¿Quién mató al Comendador?	2225
PASCUALA.	Fuente Ovejuna, señor.	
JUEZ.	¡Dale!	
FRONDOSO.	Pensamientos vanos.	
LAURENCIA.	Pascuala niega, Frondoso.	2230
FRONDOSO.	Niegan niños; ¿qué te espantas?	

---

sometidos a torturas —y que por ello, serían más proclives a revelar el secreto—: un viejo, un niño, una mujer y un miedoso, Mengo.

[461] Aunque el sentido está completo, Lope ha olvidado escribir el último verso de la redondilla que tendría que venir seguidamente y rimar en -*ando*.

JUEZ.	Parece que los encantas.
	¡Aprieta!
PASCUALA[462].	¡Ay, cielo piadoso!
JUEZ.	¡Aprieta, infame! ¿Estás sordo?
PASCUALA[463].	Fuente Ovejuna lo hizo. 2235
JUEZ.	Traedme aquel más rollizo...,
	¡esse desnudo, esse gordo!
LAURENCIA.	¡Pobre Mengo! Él es sin duda.
FRONDOSO.	Temo que ha de confessar.
MENGO.	¡Ay, ay!
JUEZ.	Comiença a apretar. 2240
MENGO.	¡Ay!
JUEZ.	¿Es menester ayuda?[464]
MENGO.	¡Ay, ay!
JUEZ.	¿Quién mató, villano,
	al señor Comendador?
MENGO.	¡Ay, yo lo diré, señor!
JUEZ.	Afloja un poco la mano. 2245
FRONDOSO.	Él confiessa.
JUEZ.	Al palo aplica
	la espalda.
MENGO.	Quedo[465], que yo
	lo diré.
JUEZ.	¿Quién le[466] mató?
MENGO.	Señor, Fuente Ovejunica.
JUEZ.	¿Hay tan gran bellaquería? 2250
	Del dolor se están burlando.
	En quien estaba esperando
	niega con mayor porfía.

---

[462] En la edición de López Estrada, por error, se atribuyen estas palabras a Laurencia.

[463] Nuevamente en la edición de López Estrada se atribuyen estas palabras a Laurencia.

[464] En la edición de García de la Santa, *ayudar*.

[465] *Quedo*, «quiere decir tanto como pasito y con tiento» *(Cov.)*.

[466] En las ediciones de A. Castro, Henríquez Ureña, Entrambasaguas, García de la Santa, García Pavón y Profeti, *lo,* tal vez para evitar el leísmo, pues en las ediciones de 1619 se lee *le*.

Dexaldos [467], que estoy cansado [468].

FRONDOSO.   ¡Oh, Mengo, bien te haga Dios!   2255
Temor que tuve de dos,
el tuyo me le [469] ha quitado.

Salen, con MENGO, BARRILDO *y el* REGIDOR.

BARRILDO.   ¡Vítor [470], Mengo!
REGIDOR.   Y con razón.
BARRILDO.   ¡Mengo, vítor!
FRONDOSO.   Esso digo.
MENGO.   ¡Ay, ay!
BARRILDO.   Toma, bebe, amigo.   2260
Come.
MENGO.   ¡Ay, ay! ¿Qué es?
BARRILDO.   Diacitrón [471].
MENGO.   ¡Ay, ay!
FRONDOSO.   Echa de beber.
BARRILDO.   Ya va [472].
FRONDOSO.   Bien lo cuela [473]. Bueno está.
LAURENCIA.   Dale otra vez a comer.   2265
MENGO.   ¡Ay, ay!
BARRILDO.   Ésta va por mí.
LAURENCIA.   Solenemente [474] lo embebe.
FRONDOSO.   El que bien niega, bien bebe.

---

[467] Metátesis que, como en otras ocasiones, no respetan García Pavón ni Profeti.

[468] En la edición de García de la Santa, se omite este verso.

[469] En las ediciones de García de la Santa y García Pavón, *lo,* tal vez para evitar el leísmo.

[470] *Vítor,* «interjección de alegría con que se aplaude a algún sujeto o alguna acción» *(Dicc. de Autor.).*

[471] En A₁, A₂ y B, el sustantivo pertenece al v. 2262. *Diacitrón,* «la conserva hecha de la carne de cidra. De este término usan los boticarios en todas las cosas de que hacen composición» *(Cov.).*

[472] Falta la parte inicial del verso.

[473] En la edición de García de la Santa, *cuelo.*

[474] Simplificación del grupo consonántico que no se respeta en las ediciones de A. Castro, Entrambasaguas, ni García de la Santa. Por otra parte, en esta última edición, por error, el v. 2267 ocupa el lugar del 2268 y éste, a su vez, el del anterior. Otro tanto ocurre en la edición de García Pavón.

BARRILDO[475].	¿Quieres otra?
MENGO[476].	¡Ay, ay! Sí, sí.
FRONDOSO.	Bebe, que bien lo mereces. 2270
LAURENCIA.	A vez por vuelta las cuela.
FRONDOSO.	Arrôpale, que se hiela.
BARRILDO.	¿Quieres más?
MENGO.	Sí, otras tres vezes.

¡Ay, ay!

FRONDOSO.   Si hay vino pregunta.

BARRILDO.   Sí hay; bebe a tu plazer,   2275
que quien niega ha de beber.
¿Qué tiene? [477]

MENGO.   Una cierta punta [478].
Vamos, que me arromadizo [479].

FRONDOSO.   Que vea [480], que éste es mejor.
¿Quién mató al Comendador?   2280

MENGO.   Fuente Ovejunica lo hizo.

Vanse. [Quedan FRONDOSO *y* LAURENCIA.]

FRONDOSO.   Justo es que honores le den.
Pero dezidme, mi amor,
¿quién mató al Comendador?

LAURENCIA.   Fuente Ovejuna, mi bien.   2285

FRONDOSO.   ¿Quién le mató?

LAURENCIA.   Dasme espanto.
Pues Fuente Ovejuna fue.

---

[475] En las ediciones de López Estrada y Profeti, se atribuyen por error las palabras siguientes al Regidor.

[476] En la edición de López Estrada, se omite el nombre de Mengo y se le atribuye, pues, el parlamento al mismo personaje anterior.

[477] Barrildo lo pregunta, al ver las muecas de desagrado que hace el gracioso cuando saborea el vino.

[478] «Tener punta el vino, hacerse vinagre» *(Cov.).*

[479] *Romadizo,* «catarro, la destilación que cae de la cabeza a la garganta y al pecho» *(Cov.).*

[480] En A₁, A₂ y B, *que lea.* Hartzenbusch lo modificó: *es aloque; este es mejor.* A. Castro prefirió escribir: *que [beba], que éste es mejor.* López Estrada supone que tal vez se trate de un error: *que [v]ea que este es mejor,* aunque mantiene en su edición la lectura de las de 1619.

FRONDOSO.	Y yo, ¿con qué te maté?
LAURENCIA.	¿Con qué? Con quererte tanto.

[HABITACIÓN DE LA REINA.]

Vanse, y salen el REY *y la* REINA *y [después]* MANRIQUE.

ISABEL.	No entendí, señor, hallaros	2290
	aquí, y es buena mi suerte.	
REY.	En nueva gloria convierte	
	mi vista el bien de miraros.	
	Iba a Portugal de passo,	
	y llegar aquí fue fuerça.	2295
ISABEL.	Vuestra Majestad le tuerça [481],	
	siendo conveniente el caso.	
REY.	¿Cómo dexáis a Castilla?	
ISABEL.	En paz queda, quieta y llana.	
REY.	Siendo vos la que la allana,	2300
	no lo tengo a maravilla.	

Sale DON MANRIQUE.

MANRIQUE.	Para ver vuestra presencia	
	el Maestre de Calatrava,	
	que aquí de llegar acaba,	
	pide que le deis licencia.	2305
ISABEL.	Verle tenía desseado.	
MANRIQUE.	Mi fe, señora, os empeño,	
	que, aunque es en edad pequeño,	
	es valeroso soldado [482].	

---

481 Profeti anota: «En A₁, *no tuerza;* en A, B, *le tuerza*» sin embargo, en A₁, según el ejemplar de la Biblioteca Nacional de Madrid R/14.105, leo *le tuerza* igual que en B.

482 Nueva referencia a la escasa edad del Maestre. Cfr. nota 4.

Sale el MAESTRE *[y se retira* MANRIQUE.]

MAESTRE.   Rodrigo Téllez Girón,   2310
que de loaros no acaba,
Maestre de Calatrava,
os pide, humilde, perdón [483].
    Confiesso que fui engañado [484],
y que excedí de lo justo   2315
en cosas de vuestro gusto,
como mal aconsejado.
    El consejo de Fernando
y el interés, me engañó,
injusto fiel [485]; y ansí yo   2320
perdón humilde os demando [486].
    Y si recebir [487] merezco
esta merced que suplico,
desde aquí me certifico
en que a serviros me ofrezco.   2325
    Y que en aquesta jornada

---

[483] El arrepentimiento del Maestre fue un hecho histórico que quedó referido en la *Chrónica,* de donde tomó Lope el argumento de la obra. Pero obsérvese lo curioso del caso: Lope, que ha venido basando el error de don Rodrigo en su escasa edad, no respeta los sucesos históricos y presenta al personaje, todavía muy joven, pidiendo excusas al Rey, cuando en la *Chrónica* se dice precisamente que lo hizo «passados algunos años, como ya el Maestre había crecido en edad y entendimiento».

[484] A partir de este verso, en la edición de García de la Santa se atribuye el parlamento a Rodrigo como si fuera un personaje distinto al que pronuncia los versos 2310-2314, puestos en boca del Maestre.

[485] En la edición de Hartzenbusch, *injusto fue.*

[486] Durante toda la comedia, como hemos venido advirtiendo, interesa a Lope eximir a don Rodrigo Téllez Girón de su grave responsabilidad en los hechos, y en esta ocasión es el propio personaje quien atribuye su actitud a los malos consejos del Comendador de Fuente Oveju-na y a su «interés» propio, cosa esta última que hasta aquí había sido ignorada voluntariamente.

[487] En las ediciones de García de la Santa y García Pavón no se respeta la modificación del timbre vocálico.

de Granada, adonde vais,
os prometo que veáis
el valor que hay en mi espada;
   donde, sacándola apenas,   2330
dándoles [488] fieras congojas,
plantaré mis cruzes roxas
sobre sus altas almenas.
   Y más, quinientos soldados
en serviros emplearé,   2335
junto con la firma y fe
de en mi vida disgustaros.

REY.
   Alçad, Maestre, del suelo,
que siempre que hayáis venido,
seréis muy bien recebido [489].   2340

MAESTRE.
Sois de afligidos consuelo.

ISABEL.
   Vos, con valor peregrino,
sabéis bien dezir y hazer.

MAESTRE.
Vos sois una bella Ester,
y vos, un Xerxes [490] divino.   2345

Sale MANRIQUE.

MANRIQUE.
   Señor, el pesquisidor
que a Fuente Ovejuna ha ido,
con el despacho ha venido
a verse ante tu valor.

REY.
Sed juez destos agressores.   2350

MAESTRE.
Si a vos, señor, no mirara,
sin duda les enseñara
a matar comendadores.

---

[488] En A$_1$ y A$_2$, *dándoles;* en B, *dándole.* Como López Estrada y Profeti, prefiero la primera versión, pues se referirá a los moros, los enemigos en esa genérica «jornada de Granada».

[489] En las ediciones de A. Castro, Henríquez Ureña, García de la Santa, Entrambasaguas y García Pavón, *recibido.*

[490] El Maestre compara a la reina y al rey con Ester y Jerjes, respectivamente. La primera fue una judía que se casó con el rey Jerjes, y con cuyo matrimonio consiguió suavizar la situación de su pueblo.

REY.	Esso ya no os toca a vos.	
ISABEL.	Yo confiesso que he de ver	2355
	el cargo en vuestro poder,	
	si me lo concede Dios.	

Sale el JUEZ.

JUEZ.

A Fuente Ovejuna fui
de la suerte que has mandado,
y con especial cuidado   2360
y diligencia assistí.
    Haziendo averiguación
del cometido delito,
una hoja no se ha escrito
que sea en comprobación;   2365
    porque, conformes a una,
con un valeroso pecho,
en pidiendo quién lo ha hecho,
responden: «Fuente Ovejuna».
    Trezientos [491] he atormentado   2370
con no pequeño rigor,
y te prometo, señor,
que más que esto no he sacado.
    Hasta niños de diez años
al [492] potro arrimé, y no ha sido   2375
possible haberlo inquirido
ni por halagos ni engaños.
    Y pues tan mal se acomoda
el poderlo averiguar,
o los has de perdonar,   2380
o matar la villa toda [493].

---

[491] En las ediciones de García de la Santa y García Pavón, no se respeta la simplificación: *trescientos*.

[492] En la edición de García de la Santa, *a*.

[493] Las palabras del juez son muy ilustrativas de cómo la obra no defiende en ningún momento la soberanía popular y, por tanto, la revolución. Condena claramente los hechos como delito que obliga a matar a

	Todos vienen ante ti	
	para más certificarte:	
	dellos podrás informarte.	
REY.	Que entren, pues vienen, les di.[494]	2385

Salen los dos alcaldes, FRONDOSO, *las mujeres y los villanos que quisieren.*

LAURENCIA.	¿Aquestos los Reyes son?	
FRONDOSO.	Y en Castilla poderosos.	
LAURENCIA.	Por mi fe, que son hermosos:	
	¡bendígalos San Antón!	
ISABEL.	¿Los agressores son éstos?	2390
ALC. ESTEBAN.	Fuente Ovejuna, señora,	
	que humildes llegan agora	
	para serviros dispuestos.	
	La sobrada tiranía	
	y el insufrible rigor	2395
	del muerto Comendador,	
	que mil insultos hazía,	
	fue el autor de tanto daño.	
	Las haziendas nos robaba	
	y las donzellas forçaba,	2400
	siendo de piedad extraño.	
FRONDOSO.	Tanto, que aquesta çagala	
	que el cielo me ha concedido,	
	en que tan dichoso he sido	
	que nadie en dicha me iguala,	2405
	cuando conmigo casó,	
	aquella noche primera,	
	mejor que si suya fuera,	
	a su casa la llevó;	
	y a no saberse guardar	2410
	ella, que en virtud florece,	

---

todos los habitantes del pueblo o a perdonar el crimen, pero jamás a aceptarlos como justos.
[494] *Les di,* diles. Cfr. la nota 203.

	ya manifiesto parece
	lo que pudiera passar.
MENGO.	¿No es ya tiempo que hable yo?

Si me dais licencia, entiendo 2415
que os admiraréis[495], sabiendo
del modo que me trató.
  Porque quise defender
una moça[496] de su gente,
que, con término insolente, 2420
fuerça la querían hazer,
  aquel perverso Nerón
de manera me ha tratado
que el reverso me ha dexado
como rueda de salmón[497]. 2425
  Tocaron mis atabales
tres hombres con tal porfía,
que aun pienso que todavía
me duran los cardenales.
  Gasté en este mal prolijo, 2430
porque el cuero[498] se me curta,
polvos de arrayán[499] y murta[500],
más que vale mi cortijo.

ALC. ESTEBAN.   Señor, tuyos ser queremos.
Rey nuestro eres natural, 2435
y con título de tal
ya tus armas puesto habemos.
  Esperamos tu clemencia,
y que veas, esperamos,

---

495 En la edición de García de la Santa, *admiréis*.
496 Complemento directo personal sin la preposición *a*. Cfr. la nota 29.
497 Mengo recurre a las mismas palabras con que ya describió la experiencia en los vs. 1650 y 1651. Véase la nota 370.
498 *Cuero,* la piel.
499 *Arrayán,* «es planta que siempre está verde, tiene la flor blanca y tan olorosa que se distila de ella agua no poco estimada para la confección de los perfumes y otras cosas, y en medicina sirve esta planta con su raíz, hoja y fruto para grandes remedios» *(Cov.).*
500 *Murta,* «el arrayán pequeño llamamos murta» *(Cov.).*

	que en este caso te damos	2440
	por abono la inocencia.	
REY.	Pues no puede averiguarse	
	el sucesso por escrito,	
	aunque fue grave el delito,	
	por fuerça ha de perdonarse[501].	2445
	Y la villa es bien se quede	
	en mí, pues de mí se vale,	
	hasta ver si acaso sale	
	Comendador que la herede[502].	
FRONDOSO.	Su Majestad habla, en fin,	2450
	como quien tanto ha acertado.	
	Y aquí, discreto senado[503],	
	Fuente Ovejuna da fin[504].	

FINIS

[501] Las palabras del rey, muy distintas a las de la *Chrónica,* no dejan lugar a dudas: el crimen es absolutamente condenado y no se tiene en cuenta otra cosa que el hecho de que el muerto era un Comendador. Si no se castiga al pueblo es por falta de pruebas sobre los responsables verdaderos. Comparar con lo que dice la *Chrónica:* «Con esto se bolvió el Pesquisidor a dar parte a los Reyes Católicos, para ver qué mandavan hazer; y sus Altezas siendo informadas de las tyranías del Comendador mayor, por las quales avía merescido la muerte, mandaron que se quedasse el negocio sin más averiguación.»

[502] La obra defiende el sistema. La revuelta sólo sirvió para suprimir un elemento, pero no su función; no fue dirigida, pues, contra los Comendadores, sino contra un mal Comendador.

[503] Se le llama *senado* a cualquier auditorio respetable; aquí, se refiere al público. Edwin S. Morby, en su ed. de *La Dorotea,* Madrid, Castalia, 1968, pág. 457, n. 209, recuerda que de 27 obras dramáticas contenidas en el volumen XXIV de la colección de textos de la B.A.E., 16 emplean este apóstrofe que deriva de la comedia latina.

[504] La despedida de las obras siempre se hacía con esa referencia al público, y se citaba el título del drama.

Colección Letras Hispánicas